晴窗集——晓村茶话

Qingchuangji — Xiaocun Chahua

徐晓村／著

中国农业大学出版社
CHINA AGRICULTURAL UNIVERSITY PRESS

图书在版编目(CIP)数据

晴窗集——晓村茶话/徐晓村著. —北京：中国农业大学出版社，2016.4

ISBN 978-7-5655-1526-2

Ⅰ.①晴… Ⅱ.①徐… Ⅲ.①散文集-中国-当代 Ⅳ.①I267

中国版本图书馆 CIP 数据核字(2016)第 040454 号

书　　名 晴窗集——晓村茶话

作　　者 徐晓村　著

策划编辑 张　玉　　**责任编辑** 张　玉
封面设计 郑　川　　**责任校对** 王晓凤
出版发行 中国农业大学出版社
社　　址 北京市海淀区圆明园西路 2 号　　**邮政编码** 100193
电　　话 发行部 010-62818525,8625　　读者服务部 010-62732336
编辑部 010-62732617,2618　　出　版　部 010-62733440
网　　址 http://www.cau.edu.cn/caup　　**E-mail** cbsszs @ cau.edu.cn
经　　销 新华书店
印　　刷 涿州市星河印刷有限公司
版　　次 2016 年 4 月第 1 版　　2016 年 4 月第 1 次印刷
规　　格 787×1 092　16 开本　13 印张　135 千字
定　　价 38.00 元

因宁静而清醒(序)

我写茶文是很偶然的。上个世纪九十年代末,一位老同事找到我,让我给电视台的一个茶文化专栏写脚本,我没怎么犹豫就同意了。这倒不是因为我对茶有多少了解,而是凭直觉感到这件事很有意思。

我喝茶的习惯起于上世纪七十年代在工厂当工人的时候。每到夏天,厂里发降温茶,大概是每人一斤。茶肯定好不了,所以谁也不拿着当回事。早晨一上班,随意抓一大把,扔到大白铁壶里,拎到水房灌上开水,全组的人都倒着喝,后来我离开了工厂,降温茶也没人发了,喝茶的习惯却留下了。不过也就是个习惯而已,真没觉得茶有什么特别的意味。

有一段时间,大概有十几年吧,我过得挺狼狈,不仅穷,还很忙乱,一天到晚有闲暇的时候很少。心情自然也不好。虽然已经活成这样了,我却仍然保持着喝茶的习惯。早晨起来,第一件事就烧水泡茶。奇怪的是,喝这碗早茶的时候,我平日里那种紧张压抑、烦躁的情绪莫名其妙地就消失了,觉得很从容,也很平静,但我不明白茶为什么会有如此神奇的作用。仔细想想,这大概就是我答应去写茶文化脚本内在的原因之一。

动手写脚本了，我才发现茶文化竟是一个非常宏大的题目，仅是相关文献资料就汗牛充栋。从古至今，居然有那么多人写过茶，研究过茶。茶还涉及到考古、植物、经济、文化、民俗等多个领域。我的这个写作过程，就变成了一个学习的过程。一年多下来，我写完了五十二集电视片的脚本，至于为此到底看了多少资料我也记不清楚。书店里能看到的相关的书，我差不多都翻阅过。

电视片播出了，据说反响还不错，还得了个电视台的年度栏目一等奖。可我学的那些东西也没用了，自己觉得有点可惜，就在学校里开了一门叫作中国茶文化的选修课。其实我开这门课还有另一个原因，就是觉得大学生们活得也很紧张焦虑。懂点茶文化或许对他们有点帮助吧。选这门课的人不少，效果如何就不清楚了。

我为了准备这门课，还是下了点功夫的。讲课跟写电视片不同，你总得有点系统性，所以我就比较系统地读了茶文化的文献，书读得多了，自己也有了一点体会和心得，这些内容就写进了我主编的大学教材《中国茶文化》里。此外，应报纸、杂志之约，陆陆续续地写了一些以茶为题材的散文，有时候稿约太急，我就把电视片解说词改写成散文来还文债。这种文章是能看得出来的，因为解说词是读给人听的，写的时候就不得不用强烈一点的词语，这跟写给人看的文章是不同的。积日既久，文章就有了一些，但作为一本书，字数还是嫌少，于是我就又写了几篇读书随感。这就是本书的来历。

如果现在要我来回答茶为什么具有涤烦释燥的作用，我可以说是由于如下两点：

一是因为，茶的滋味是淡而丰富。陆羽说茶的味道是“啜苦咽甘”，这当然也是对的，只不过这是粗略的说法。其实这“苦”和“甘”在不同的茶中有细微但并非无关紧要的差别，正是这不同的“苦”和“甘”的组合决定了茶的品质的高下。

现在人们已经把茶叶的滋味区分得更加细致，在茶叶评审规定中，仅绿茶的滋味就有：浓烈、浓爽、浓厚、浓醇、浓鲜、鲜、鲜醇、清鲜、鲜淡、醇爽、醇和、平和等十几项，其实，即便是如此多的条目也不可能把茶的滋味涵盖净尽，其间细微的差别恐怕是语言难以描述的。

此外，茶还有作用于触觉的滑、润、涩等口感。虽然触觉并不是滋味，却并不是无关紧要的。蔡襄在《茶录》中就明确指出：“茶味主于甘滑”。

如果再加上茶的各种气味，茶就构成了一个丰富的味觉系统。但是所有这一切滋味、气味、触觉都不是强烈的，而是清淡的。茶的这一特点，天然地要求饮者持有一种平和的心境，唯有如此才能品觉到茶的美妙。这样一来，茶就与平静的心理状态形成了对应关系。所以赵佶说茶具有“祛襟涤滞，致清导和”，“冲淡简洁，韵高致静”的作用。

茶的另一个特点，是令人头脑清醒，即古人所说的“令人少眠”。不过这种清醒只是生理上的，但中国人在长期饮茶的过程中，把这种清醒升华了，上升成为认识的清醒。即陆羽所说的“荡昏寐，饮之以茶。”这里的“昏寐”，即是生理的，更是认识的。皎然甚至说：“三饮便得道，何须苦心破烦恼。”其实茶的作用的这种升华，也和上一点有关。人在心平气和的时候，对人世间的是是非非，对个人的升沉荣辱总是看得比较客观，比较清楚。

茶的味淡而丰富，对应着心平气和的心境；茶令人头脑清醒，升华为认识的清醒。这样一来，茶就进入了中国人的精神生活，成为了使人变得冲淡、平和、安静、理性的心灵的甘露，成为了调节人的精神状态的一种方式，即通过品味日常生活的寻常之美，觉解到一种从容的人生境界并使之成为自我修养的方式。明白了这一点，我们对于古人对饮茶的各个具体环节——例如水、火、器、人、环境等的精益求精的要求也就不难理解了。

喝茶成为了人的一种自我调节和身心的修养方式，也就自然而然地成为了一种审美活动。它首先要求人处在一种安闲的状态之中。我们常常会认为闲是一种消极的人生状态，其实闲也是人生的切实需要之一，只不过我们常常把闲暇时光忽略掉了，或者使之粗陋化了。而在闲静状态下的饮茶，正是使闲暇变得丰富和充盈起来。喝茶时人关注的似乎是茶，其实是把茶当成载体，去体味蕴含其中的人生况味，去感悟自身更深的心灵。当此之时，人和外部的具体的琐细的现实生活是隔离的，进入到了纯粹的由感官而抵达内心的体验之中，它是心灵的沐浴，生命的超越。

周作人在《喝茶》一文中曾说："喝茶当于瓦屋纸窗之下，清泉绿茶，用素雅的陶瓷茶具，同二三人共饮，得半日之闲，可抵十年的尘梦。喝茶之后，再去继续修各人的胜业，无论为名为利，都无不可，但偶然的片刻优游乃正亦断不可少。"说的正是这个意思。"瓦屋纸窗"，"清泉绿茶"，"素雅的陶瓷茶具"，以及同饮的二三知己，都是在说明饮茶这种审美活动或艺术活动的条件。"得半日之闲，可抵十年的尘梦”,“偶然的片刻的优游乃正亦断不可少”云云,则是说明闲对于人生之重要。而喝茶正是闲适的最佳表达方式。这是中国人的创造,也是中国文化精神与物质生活最完美的结合。

如此说来,喝茶似乎只属于神经敏感的文人或有钱有闲的富人,胼手胝足的劳动者似乎是不懂茶的,其实这只是所谓高贵者的偏见。我前几年曾去看望退休后住回乡下的师傅,他从方桌下的坛子里拿出一个塑料袋的包裹,解开了几层塑料袋之后,才看出里面是茶叶。他自我解释道:“别跑了味。”泡茶所用的是老式的提梁壶,但那茶叶确实因为包裹的严密而依然味道香浓。在我们山东乡下,客来敬茶是不可少的礼数,也是随意闲谈的道具。他们自己也是喝茶的,而且泡茶时是极为郑重其事的,因为这是他们辛劳生活中极为难得的享受。

据我有限的了解,现在喝茶的人好像越来越多了。其中的一些人是有意识地把喝茶当作一种减轻压力放松心情的手段的。我不知道我的这本书对他们是否有点意义。我觉得我就像一个业余的花匠,在被沥青、水泥和砖石覆盖住地面的城市里,找到了一小块裸露的土地,种上不值钱的野菊,当秋风萧瑟,草木凋零的时节,有人看到野菊不起眼的花瓣上阳光一般的金黄色,并因此感到一丝暖意,在我就是莫大的欣慰与幸福了。

徐晓村

2016年2月7日农历腊月二十九

改定于青岛

目录

茶之史

晴窗话茶

我是喝茶的，每天早起，第一件事便是泡茶，然后才刷牙洗脸。洗漱之后并不立即吃早饭，而是先喝茶。据说饭前喝茶是不好的，但我无所谓，照喝不误。这习惯何时养成的已记不清楚，总之时间颇久了。20 世纪 90 年代初，一个新分到单位的大学生问我："你的生活有什么乐趣？"我说："每天早晨烧开水，泡上茶，想到我又要喝茶了。"当时我家累繁重，终日忙碌，几无闲暇。年轻人敏锐，看见我这样，可能觉得我的生活毫无乐趣可言，故有此一问。当时也确实只有每天早晨喝茶时，才是我一天中内心最宁静的时刻。

我在淄博生活过很多年，那里茶风不盛，对茶则很重视。到别人家做客时总要换一身干净的衣服，说是换上喝茶的衣裳。对茶酒的评价则曰：闲茶闷酒。我大约是受了那里的影响，至今以为，喝茶应在一天空闲的时候。但也不尽然，看令人头疼的理论书或为了给报纸赶稿子，手边也总放着一杯茶。现在的人忙，有闲暇的时候并不多，读书作文时，虽然喝茶，却不知茶味，习惯而已。

我父亲喝茶，但品味不高，喝的不过是茉莉花茶、珠兰大方之类。我喝茶并不是跟父亲学会的，而是在工厂。那时国营企业夏天发降温茶，每人一斤半。记不清好坏，推想也不会是什么好茶，反正谁也不当回事。早晨上班，抓一大把扔到大铁壶里，灌满开水，全班组的人都喝，有茶味就行。离开工厂，降温茶不发了，喝茶的习惯却留下了。我自己买茶的时候不多，大都是别人送的。我无职无权，来往的也都是平头百姓，送来的自然不会有名茶。

真正喝好茶是拍《中华茶苑》的时候。片子要拍50多集，我对茶的那点了解不足以应付，就到马连道茶城去体验生活。一位福建籍的茶店老板泡了各种铁观音给我喝，每一种都有一股浓郁的花香，我这才知道乌龙茶不用香花窨制便具有天然的花香。最后，他给我泡了一种，说不出是什么花的香气，仿佛春天走在山花烂漫的山野之间，一股大自然的清新之气扑面而来。他告诉我，这才是最好的铁观音。此人手掌粗大，是一位茶农，产茶期过了便到北京来卖茶。茶是村里乡亲们生产的。

从此我就爱喝乌龙茶了。但平时在家里不大喝，太麻烦。随手泡、茶船、紫砂壶，都有，但懒得摆布。偶尔与朋友一起去茶馆（现在北京多叫茶艺馆了），我多半会点一壶铁观音或冻顶乌龙。台湾产的冻顶乌龙色泽翠绿，滋味似乎比大陆产的乌龙茶更为清爽细腻。记得有一种叫东方美人，名字太艳，与茶意不合，但味道确实好。

乌龙茶有一大优点，适合茶艺表演。它耐高温，水不热，茶的香气就泡不出来。我在家里试过，用饮水机里的水泡极品铁观音，味道差不说，也没有那种香气。再加上有潮汕工夫茶的底子，烫壶、温杯、洗茶、分茶，程序繁多，所以适合表演。不像绿茶，一只玻璃杯，放上茶叶，冲上开水，完了，没法表演。

我对现在的所谓茶艺大多不感兴趣，做作。曾在拍回来的电视片素材中看到了所谓清代茶艺，让我很不舒服，说难听点，和跳大神差不多，而且那些莫名其妙的动作真是清朝的？还有那些动作的名称，洗茶不叫洗茶，叫接风洗尘，冲水不叫冲水，叫黄山瀑布。听上去似乎很雅，其实俗不可耐。我主编《中国茶文化》时，一律改成"烫杯""投茶""注水"，自然朴素，挺好。现在大陆的茶艺可能受日本茶道的影响，动作繁琐，而且程式化。日本茶道原是宋朝时从中国学去的，但已经和日本文化结合成了日本代表性的艺术。而作为一个岛国，其文化的特点是过于精致，我们大可不必照猫画虎。我以为中国的茶艺应该是随意的，和谐的，于从容不迫、挥洒自如之间就泡出一杯好茶，别人看了也不会觉得应该正襟危坐才对，尽可以口无遮拦，纵意而谈。

齐白石　蒲扇和茶杯

我搞茶文化研究完全是无意的。因为要写电视片《中华茶苑》，看了不少茶书。片子写完了，觉着看了那么多书，不用可惜。就在学校里开了一门中国茶文化的选修课。后来北京市又给了一个课题，让写一本茶文化的大学教材，我也就莫名其妙地研究起茶文化来了。由此可见我这个人做事无计划，常常是随心所欲。不过搞这个也有一个好处——有好茶喝。一来是认识了几个卖茶的朋友，时常送我一点正宗的名茶。此刻我正喝着的就是产自猴坑的真正的太平猴魁，是陈艺鸿君用特快专递给我寄来的，味道甘醇，余韵悠长，是我喝过的最好的安徽茶之一(另一种是无意中买到的涌溪火青)。二来是单位相熟的同事，有了好茶也经常送我，所以我总是能喝到好茶。喝得多了，也有一些自己的体会。真正的好茶，并不单是滋味美妙，更在于滋味的丰富，清、香、甘、醇、爽、滑等等，杂糅调和，让人言说不清。此等微妙之处，心浮气躁时是喝不出所以然来的。茶天然地属于闲暇时光。

但我也并不是总喝好茶。有个叔叔在云南，每年总要寄几斤茶叶来，是极普通的滇绿。喝惯了滋味温和、口感细腻的好茶之后，喝滇绿会不大适应。我不知道好滇绿是什么滋味，我喝的这种普通的，既苦又涩，但非常提神，有点像我在工厂时喝的降温茶。所以滇绿总让我有一种亲切感，一喝滇绿就让我想起当年抬铁板、抡大锤时的好日子。

祁红、滇红我都喝过，但始终不得要领。喝到嘴里总觉得有点混浊。但祁红的汤色确实好看，红艳温润，像一块玉石。普洱茶近来名气颇大，但到了我手里的普洱茶大多转送了别人，有些还是年头较久的。因为我对普洱茶的陈香不感兴趣。周作人说“喝茶以绿茶为正宗”是有道理的。不过爱喝绿茶，也反映了一种趣味，一种人生姿态。

最近每天临睡前读陈平原的《从文人之文到学者之文》，是根据讲课录音整理的书，所以读起来很轻松。其中讲陈继儒的一章，引了陈继儒的一段话：“自谓独饮得茶神，两三人得茶趣，七八人乃施茶耳。”陈平原说，这话宋人黄庭坚早就说过了：“品茶一人得神，二人得趣，三人得味，六七人是名施茶”。看来古人也有搞剽窃的，而且是像陈继儒这样优雅的隐士。他又不用评职称，报工作量，何必呢？前两天看报纸，说在人代会上，北大校长许智宏说，今后对搞抄袭的人要从严处罚，学生抄袭还要处罚老师。看来学风如此严谨的北大也免不了出这种事。不过陈继儒或黄庭坚说的话确实有道理，喝茶不像喝酒，一群人乱哄哄的喝不出茶味来。我平常喝茶都是自己一个人喝，并不是要故作高雅，而是没人陪我喝。我倒是挺羡慕周作人说的，在纸窗瓦屋之下，清泉绿茶，用素雅的陶瓷茶具，同二三人共饮。可惜既没有这样的环境，也没有这样的同好。我和朋友凑到一起都是喝酒。大家都很忙，活得都很累，聚在一起喝一回酒，是很好的放松，从未想到要一起喝茶。如此说来，喝茶似乎更需要一种心境。现在钱是多了，可心平气和的时候似乎很少，更顾不上什么生活的艺术。

听说现在生活比较精致的是“小资”。何为“小资”我不太清楚，猜想可能是年轻的白领吧。但这些人喜欢的应该是洋酒、咖啡，不会是茶。曾在电视上见过一次“小资”喝“茶”，把一朵干玫瑰花放到玻璃杯里泡开，颜色殷红如血。

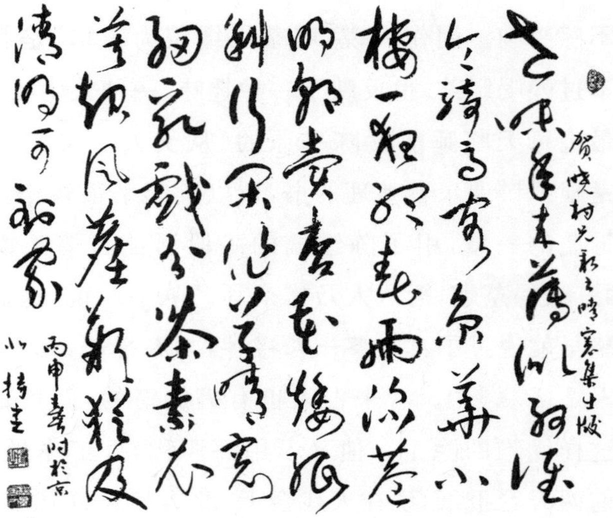

据说是看到那干玫瑰花慢慢绽开，心情特别愉快。这等趣味实在让人不敢恭维。不过喝这东西的是女性，女性的兴趣爱好似乎别具一格，所以还是以不评论为好。

陆游《临安春雨初霁》诗云：“矮纸斜行闲作草，晴窗细乳戏分茶”。书法我不会，对任意挥写的乐趣无从体会，不过烟花三月，春光明媚，窗明几净，泡好茶一杯，忘记柴米油盐，抛开了人世纷争，平心静气，细细品味那来自大自然的清香，确实是终日紧张劳碌的人极好的休息。

我写此文时，正是惊蛰已过，春分将至之时，且一连数天阳光灿烂，故名之曰：晴窗话茶。

说喝茶

《闲情偶寄》卷十二云:“兹既备述饮馔之事,则当于二者加详,胡以缺而不备,曰:惧其略也。性既嗜此,则必大书特书而且为罄竹之书。若以寥寥数纸,终其崖略,则恐笔欲停而心未许,不觉其言之汗漫而难收也。且果可略而茶不可略。茗战之兵法,富于《三略》《六韬》,岂《孙子》十三篇所能尽其灵秘者哉?”

将喝茶一事说得极其盛大,故于是书缺而不述。李渔是一位真正懂得生活的艺术的专家,虽觉得他对喝茶的议论过于夸大其词,想来是会有不少精妙的见解的。至于后来是否真的“专辑一编,名为茶果志”,我不得而知。

茶的品格其实在于它是一种精神的滋润品。仔细考究起来,茶这东西是可有可无的。不吃饭是要出人命的,不喝茶我敢断定决不会死人。虽然听说茶有医疗的作用,但并不见说茶有起死回生的妙效。人渴了,喝一杯白开水与一杯茶之间的区别并不见得有多少。然而茶叶仍在大量生产,而且价格渐涨,可见需要之甚。《红楼梦》里的妙玉发过一通关于茶的高论,单是水的来历就奇特而麻烦,茶的滋味却不知道,想必也没有人试过。

粗略的分起来，喝茶的人不过是两类。一类是以解渴为主，兼顾及滋味。南方茶叶较多，农民到田里劳作也带一罐茶去，渴了喝一大碗，取其略胜于白开水而已。另一类则并不求其解渴，而在于品其滋味。妙玉请宝、黛、钗三人喝茶，用意在此。不过她们那种口味过于贵族化，平常人是品不起的。相似的情形是有的，只是简单粗糙一点而已。这两类喝茶的人并不截然分开，倒是兼而有之的居多。

茶的滋味是于平淡的苦涩中有平淡的甘爽。这苦不是药的恶苦，甘也不是糖的俗甜，而是于平淡中显出悠长，于简易中显出繁杂，这恰恰与人生的况味相似。人生原是十分劳累而单调的。衣食住行的奔波，扶老携幼的操劳，总要耗去大半的生命。平平淡淡的忙碌和计数不清的忧烦之后，便是无法逃脱的大去之期了。然而，这忙碌之中自有短暂的闲暇，忧烦之中存在朴素的愉悦。平凡的生活因此有了光泽，有了韵味。生活的趣味正在这短暂的闲暇与朴素的愉悦之中。

妇人饮茶听曲图　辽代壁画

"闲茶闷酒"。面朝黄土背朝天的庄稼人也懂得茶与酒的真味。试想,劳作了一天之后,沏一壶茶,慢慢地啜一口,细细品味其中一缕浅浅的甘爽,不正如品味休息的安然吗?因此,茶是散文的,与寻常生活有着同样的朴素,而酒则是诗的。大喜大悲都可以饮酒,寻常时日则适于品茶。因此,茶这样一种于生理上不是非有不可的东西,在精神上却不可缺少。人们要喝茶,并且喝起来还有如李渔与妙玉所说的那许多名堂,恰在于平淡无奇的时光无所不在。

红茶漫谈

我们知道，茶叶无论好坏，都是人制造出来的。但似乎又不尽然，有些时候倒像是自然之力在无意中帮了一点忙，某种茶叶才从此产生。例如黑茶，据说就是运输途中淋了雨，不知不觉地起了发酵作用，于是造就了这种新的茶叶类别。在这一点上，茶叶似乎更像是自然之子，与现代工业的产品，如电脑、汽车、手机等等全由科技发展造成颇为不同。

红茶是如何产生的？我查了几本有关的书，似乎并没有确凿的说法。邹新球所著《武夷正山小种》一书中记录了一个传说，似乎可以看作红茶之所以诞生的根据。书中说："江元勋讲述其家族流传有红茶产生的说法：其先祖定居桐木关后世代种茶，约在明末某年时值采茶季节，北方军队路过庙湾时驻扎在茶厂，睡在青叶上，待军队开拔后，茶青发红，老板心急如焚，把茶叶搓揉后，用当地盛产的马尾松柴块烘干，烘干的茶叶呈乌黑油润状，并带有一股松脂香味，因当地一直习惯于绿茶，不愿饮用这种另类茶，因此烘好的茶便挑到距庙湾 45 公里外的星村茶市贱卖。没想到第二年便有人给 2～3 倍的价钱订购该茶，并预付银

两，之后红茶便越来越兴旺。”陈宗懋主编的《中国茶经》“小种红茶”条中也记录了这个传说，只不过时间变成了清道光末年。虽然时间差了一两百年，但一群士兵跑到人家刚采回来的青叶上睡了一觉，使青叶受热发生了变化，成了红茶制造过程中不可缺少的一道工序，并由此产生了一种新的茶叶种类，不能不说是颇具传奇色彩。

我们之所以先说正山小种红茶的诞生，是因为红茶中它出现得最早。既然这种与众不同的茶叶颇受欢迎，其制作技术也就自然地传播开来。吴觉农先生《茶经述评》一书中考证出了它的传播路线：福建崇安、政和、坦洋、白琳—江西铅山（河口）—修水—浮梁—安徽东至—祁门。至于在这传播过程中，加工技术于何时何地发生变化，进而形成工夫红茶则不甚清楚。

《中国茶经》“祁门工夫”条中记载：“光绪元年（1875年），黟县人余干臣，从福建罢官回籍经商，在至德县（今东至县）尧渡街设立茶庄，仿照‘闽红’制法试制红茶。1876年，余从东德来到祁门，并在西路历口、闪里设立茶庄，扩大生产收购。继而在南路贵溪一带，也有人试制红茶成功。当时上海‘同合荣’茶栈也在祁门贷出资金。由于茶价高，销路好，人们纷纷相应改制，逐渐形成了‘祁门红茶’。”这里提到的“闽红”是否已是工夫红茶无从了解。只是工夫红茶的产地日渐增多，至今已有闽红工夫、河红工夫、祁门工夫、宁红工夫、宜红工夫、川红工夫、湖红工夫、滇红工夫等十余种。工夫红茶与小种红茶制作上的区别，似以少了松烟熏一道工序最为重要。红碎茶则是由印度人制造，多了一道切碎的工序，优点是浸出物较易泡出来。

与绿茶相比，红茶确实有很大的不同。绿茶作为饮料，最大的特点是更多地保留了植物本来的色泽、香气与滋味。喝的时候会自然地觉得与大自然的亲近。红茶则不同，汤色红艳到了殷润的地步，味道也不像绿茶那样于简单中显出丰富，而是浓郁浑厚，好像是很多原料混合而成的滋味。所以，红茶虽然是中国人所创造的，外国人似乎倒比中国人更加喜欢。这其中的原因很多，例如气候、饮食习惯、文化观念的不同等。

摄影：李达

从唐朝陆羽的《茶经》开始，中国人饮茶就有了追求纯粹性的传统。此后如宋赵佶的《大观茶论》、明罗廪的《茶解》、明徐渭的《煎茶七类》都坚持这种传统，就是反对在茶中添加其他东西，以品尝到茶的本味。其中以《茶解》说得最为清楚，"茶内投以果核及盐、椒、姜、橙等物，皆茶厄也。

茶采制得法，自有天香，不可方拟。蔡君谟云：莲花、木犀、茉莉、玫瑰、蔷薇、惠兰、梅花种种，皆可拌茶。且云重汤煮焙收用，似于茶理不甚晓畅。至倪云林点茶用糖，则尤为可笑。”这种喝法，主要是针对绿茶而言的，因为绿茶的滋味总是清淡的，添加别的东西进去，这清淡就被破坏掉了。此外，这好像也和士大夫追求不与世俗同流合污的清高人格有关。

其实中国民间一直存在着在茶中添加其他食物或饮料的习惯，主要流行在西南、西北的各少数民族之中，如白族的三道茶、藏族的酥油茶、蒙古族的奶茶等等。

在红茶中加奶加糖好像是由英国人兴起的，很为周作人所轻视，《喝茶》一文中说：“喝茶以绿茶为正宗。红茶已经没有什么意味，何况又加糖与牛奶？”其实，英国人这样喝红茶固然和他们的饮食习惯有关系，也和红茶自身的特点有关系。红茶无论汤色还是滋味都很浓郁，而这浓郁就使红茶有了很大的包容性，其他的饮料和食物放进去，不是把茶的滋味破坏掉了，而是彼此亲密无间地融合在一起，成为味道更加丰富同时又不是格格不入的饮料。

我们固然认为喝纯粹的绿茶是一种很好的中国传统，但中国创造的红茶与外国的习惯混合而成的饮茶方式也值得我们玩味与欣赏。

晴窗细乳戏分茶

陆游《临安春雨初霁》是一首名诗：

世味年来薄似纱，谁令骑马客京华？
小楼一夜听春雨，深巷明朝卖杏花。
矮纸斜行闲作草，晴窗细乳戏分茶。
素衣莫起风尘叹，犹及清明可到家。

“小楼一夜听春雨，深巷明朝卖杏花”更可说是家喻户晓。因此历来选家选宋诗多会将此诗选入。流行较广的选本如朱东润主编的《中国历代文学作品选》，林庚、冯沅君主编的《中国历代诗歌选》，钱钟书选注的《宋诗选注》就都选了这首诗。但对“分茶”的解释却并不一致。《中国历代诗歌选》未注。《中国历代文学作品选》注曰：“分茶，犹言品茶。分，鉴别的意思。”这似乎只是就字面的意思作解，分茶即为品鉴茶的好坏，显然不确。《宋诗选注》（1989年版）所注最为详尽：“‘分茶’是宋代流行的一种‘茶道’，诗文笔记里常常说起，如王明清《挥麈余话》卷一载《延福宫曲宴记》、杨万里《诚斋集》卷二《澹庵坐上观显上人分茶》;宋徽宗《大观茶论》也有描写。黄遵宪《日本国志·物产志》自注说日本‘点茶’即同‘宋人之法’:‘碾茶为末,注之于汤,以筅击拂’云云,可以参观。据康熙时徐葆光《中山传信录》、嘉庆时李鼎元《使琉球记》等书,这种‘宋人之法’,也在琉球应用。”

其实钱钟书先生所指各书中记述的并非都是“分茶”。陶谷《清异录》云:“茶至唐始盛。近世有下汤运匕,别施妙诀,使汤纹水脉成物象者,禽兽虫鱼花草之属,纤巧如画。但须臾即就散灭。此茶之变也,时人谓之茶百戏”。也就是说,宋代有一种在茶汤表面上作画的游戏,与“碾茶为末,注之于汤,以筅击拂”的点茶并不是一回事。但《清异录》并未说这种“茶百戏”就是分茶。然杨万里《澹庵坐上观显上人分茶》所写则确实为“分茶”。诗云:

分茶何似煎茶好,煎茶不似分茶巧。
蒸水老僧弄泉手,隆面元春新玉爪。
二者相遭兔瓯面,怪怪奇奇真善幻。
纷如擘絮行太空,影落寒江能万变。
银瓶首下仍尺高,注汤作字势嫖姚。
不须更师屋漏法,只问此瓶当何答。

可见“分茶”就是用瓶中之水在茶汤表面的泡沫上冲写出字来(银瓶首下仍尺高,注汤作字势嫖姚)。与《清异录》中所说的在茶汤表面画画是一致的,“分茶”应该就是“茶百戏”。

但钱钟书先生所指出的《大观茶论》中并没有记述“分

茶"，而只是讲了"点茶"。《大观茶论》除总论外共分成地产、天时、采择、蒸压、制造、鉴辩、白茶、罗碾、盏、筅、瓶、杓、水、点、味、香、色、藏焙、品名、外焙二十个部分，其中只有《点》是专门讲点茶的。其文曰：

点茶不一，而调膏继刻。以注汤之手重筅轻，无粟文蟹眼者，谓之静面点。盖击拂无力，茶不发立，水乳未浃，又复伤汤，色泽不尽，英华沦散，茶无立作矣。有随汤击拂，手筅俱重，立文泛泛，谓之一发点。盖用汤已故，指腕不圆，粥面未凝，茶力已尽，雾云虽泛，水脚易生。妙于此者，量茶受汤，调如凝胶，环注盏畔，勿使浸茶。势不欲猛，先须搅动茶膏，渐加击拂，手轻筅重，指绕腕旋，上下透彻如酵蘖之起面，疏星皎月，灿然而生，则茶面根本立矣。第二汤自茶面注之，周回一线，急注急止，茶面不动，击拂既力，色泽渐开，珠玑磊落。三汤多寡如前，击拂渐贵轻匀周环，表里洞彻，粟文蟹眼，泛结杂起，茶之色十已得其六七。四汤尚啬，筅欲转梢，宽而勿速，其真精华彩既已焕然，轻云渐生。五汤乃可稍纵，筅欲轻盈而透达，如发立未尽，则击以作之。发立各过，则拂以敛之，然后结霭凝雪，香气尽矣。六汤以观立作，乳点勃然，则以筅着尻缓绕拂动而已。七汤以分轻清重浊，相稀稠得中，可欲则止。乳雾汹涌，溢盏而起，周回凝而不动，谓之咬盏，宜均其轻清浮合者饮之。《桐君录》曰："茗有饽，饮之宜人。虽多不为过也。"

宋徽宗这里讲的都是如何点茶，即黄遵宪所谓“碾茶为末，注之于汤，以筅击拂”，只是过程更为复杂，解说更加详尽而已，但与“注汤作字”和“使汤纹水脉成物象者，禽兽虫鱼花草之属，纤巧如画”的分茶即茶百戏不同，则毋庸置疑。

钱钟书先生所指出的另一条材料：蔡京《延福宫曲宴记》云：“上命近侍取茶具，亲手注汤击拂。少顷，白乳浮盏面如疏星淡月。顾诸臣曰：‘此自布茶’。饮毕，皆顿首谢。”这里只说明是：“注汤击拂”，而且用“疏星淡月”来形容“白乳浮盏面”也是来自《大观茶论·点》的“疏星皎月”。因此，此处所记也应为点茶。

因为钱钟书先生所指示的几条材料，有记分茶者，有记点茶者，故“晴窗细乳戏分茶”一句中“分茶”究竟为何并未解决。其实，不仅陆游明确说自己在“分茶”，即从诗意上看也应为“分茶”。前一句“矮纸斜行闲作草”，是说诗人于百无聊赖之际随手涂写以打发时间，并不是正经八百地练习书法或作字，因为字行都是斜的。与此句相对的则只能是“戏分茶”。我们由《大观茶论·点》可知，点茶是需要全神贯注，耐心细致的。而诗人此时并非要真的喝到一杯好茶，故也在茶汤上随手写字作画。倘若是点茶则过于正式，与前一句对不上了。

旧京茶事

老北京的茶馆大约有三种，即清茶馆、书茶馆和茶饭馆。清茶馆只是喝茶；书茶馆里则有艺人说书，客人要在茶资之外另付听书钱；茶饭馆除喝茶之外也可以吃饭，但提供的饭食都很简单，不像饭馆的品种繁多。老舍先生的名剧《茶馆》里的裕泰茶馆，就是一家茶饭馆，所备食物似乎只有烂肉面一种。

茶馆的伙计都是青壮小伙子，没有用女招待的。因为用女招待，客人如不规矩，则使主客都不快。这是一种行规。王利发在茶馆经营不下去时，说到自己打算请女招待，要自己掌嘴，原因就在于破坏了行规。这种行规似乎不只限于茶馆，饭馆也是如此。电影《老店》，话剧《天下第一楼》写的都是旧北京的饭馆，伙计也都是男人。茶馆伙计提水壶的手势有专门的讲究，要手心向上、大拇指向后。我们一般人提水壶时的手心向下径直握住提系，在茶馆里被认为是提尿壶，如此，对客人是极不礼貌的。茶谱写在特制的大折扇上。客人落座之后，展开折扇请其点茶。茶客自带茶叶称为自带门包，茶馆为其泡茶只收水钱。讲究的茶客落座之后，要拿出一块专用的布铺在桌沿上，一只胳膊的小臂支在上面侧身坐着，再拿出手帕等放在桌子上，这是一种派头儿。茶馆里不供神像，只在柜台前放一缸水，表示以水为利。茶馆只用方桌长条板凳，没有用椅子的。四川茶馆多是较矮的竹椅，半坐半躺，显得更加懒散。

坐茶馆的乐趣不只在于喝茶，也在于其热闹，既可以融入其中，说一些可有可无的闲话，也可以出乎其外，在喧闹之中兀然独坐品味生活的悠闲，使悠闲更加丰富和突出，这才是坐茶馆的真味所在。至于在茶馆中谈生意说事情，把茶馆当成别致的办公室的，如《茶馆》中的刘麻子，在茶客中只能算作下品，虽然没了这样的茶客，茶馆也就不是茶馆了。

旧北京茶馆很多，这有两个条件，一是爱喝茶的人多，二是有闲的人多。北京人喝茶的风气很盛，上至达官贵人，下至平头百姓，都有每天喝茶的习惯。穷困如拉黄包车者，日暮收工时也要买一包茶带回。高碎或高末就是旧时北京所特有的，其实是茶叶店筛茶时筛出的茶叶末，在别的地方是弃之无用的东西，北京的穷人买不起好茶，故茶叶店也将此物出售，意为高级茶叶末。北京茶叶店包茶，一两茶可包为五包，也是因为穷人每次买茶很少。不少北京人早晨起来的第一件事就是泡茶喝茶。烧水的专用工具叫汆，用白铁皮制成，直径约一寸半，细长筒状，径口处有长柄，加水后可直接插入炉火中，使水能很快烧开。茶喝够了才吃早饭。所以老北京人早晨见了面要问候：喝了没有？如问吃了没有，就有说对方喝不起茶的嫌疑，是很不礼貌的。

北京人独重花茶，著名的茶叶店如张一元、吴裕泰，都以窨制花茶，工艺精细、货真价实而获信赖。南方人往往看不起北京人的爱喝花茶，汪曾祺就说，他不喝花茶，但好花茶除外，如老舍先生家的花茶。老舍先生是地道的老北京人，他喝的花茶想必是品质极高的。对北京人好喝花茶的原因说法不一。一种说法是北京地下水质不好，花茶香气浓郁，可以盖过水的苦涩；另一种说法是过去交通不便，南方新茶运抵北京要一个月，路上风吹雨淋，茶叶往往都变质了。用花窨过之后，变质的茶味就喝不出来了。这两种说法都未必可靠。山东的水质没什么问题，四川当地就产茶，山东和成都的人也都爱喝花茶。估计还是和口味有关系。爱喝花茶的地方的人，口都比较重，绿茶的滋味对他们来说过于轻淡。是不是还有其他原因就不清楚了。

余姚茶史

余姚因为拥有著名的河姆渡文化遗址，可以准确地将此地的人类活动追溯到公元前五千年前，那时人类还处于新石器时期。

通过复原的建筑和生活器具，可以看到，当时人类的生存条件还是十分艰苦的。

有人以为，在河姆渡遗址中出土的陶器上所画的植物叶子就是茶图腾，这种说法是不太可信的。我们只能说，当时人类采撷植物为食所积累的经验，为后来对茶的发现和利用提供了帮助。

但是，余姚产茶的历史确实悠久。

四明山是余姚境内最著名也最优美的山脉，它的美就在于山明水秀。一座座山峰都笼罩在淡淡的轻雾之中，山涧中的急湍飞瀑清澈碧绿，山下的水田，在明媚的阳光下闪亮如镜。就在这明秀的山水之间，流传着余姚产茶的最初传说。

陆羽在《茶经》引述了《神异记》记载的这个故事。

余姚人虞洪入山采茗，遇一道士，牵三青牛，引洪至瀑布山曰："予丹邱子也。闻子善具饮，常思见惠。

山中有大茗可以相给。乞子他日有瓯牺之余，乞相遗也。”因立奠祀，后常令家人入山，获大茗焉。

陆羽自己也说：“越州，余姚茶生瀑布岭者，号曰仙茗。”

陆羽长期生活在浙江，越州又是他考察过的地方，说他曾到四明山一带考察过是有道理的。

明末清初著名的思想家黄宗羲也是余姚人，他的《制茶》诗，生动地描绘了茶农采茶、制茶的繁忙景象。

檐溜松风方扫尽，轻阴正是采茶天。
相要直上孤峰顶，出市都争谷雨前。
两管东西分梗叶，一灯儿女共团圆。
炒青已到更阑后，试新犹分瀑布泉。

倘若登高眺望，就会看到，余姚城被层层叠叠的茶山包围着，在绿色茶园的映衬之下，整个余姚城都有一种清新的气息，于是那河水与建筑也仿佛因此而变得灵秀，姑娘们的身姿也显得更加婀娜多姿。

新中国成立之后，余姚成为我国三大珠茶出口基地之一。余姚茶厂生产的珠茶，色泽沉着光润，味道香高浓郁，是难得的茶中珍品。

厂区的花园里，塑了一尊陆羽像，还有一把硕大的紫砂壶，上面写着：“不可一日无此君”。只要真正喝过余姚茶的人，都会承认，这并非虚言。

二泉映月

在茶乡遍布的江南，常州像它的名字一样，是并不引人注目的。无论是百年老店，还是新式茶馆，都不足以说明常州茶事的与众不同。然而，融进这熙来攘往的人流，随意在街头漫步，你也会有不同寻常的发现。

在街角一家并不起眼的“溢壶茶宴楼”，仅看招牌是很让人纳闷的。它既是茶馆，又是菜馆，所不同的是，它的菜是用茶做的。能摆出满满一桌茶菜宴的菜馆，在别处还没有听说过，何况造型是这样精美，风味是这样独特。

也许我们不必一一弄清这些茶菜的制法，仅是这些可以作为工艺品的菜本身就足以说明常州人的聪明才智，说明茶在常州是怎样无所不在地滋润着人们的生活。

倘若可能，从常州的东坡古渡登船，沿大运河向东南不远，便是另一座水域——无锡，与苏州的精雕细刻不同，无锡显得更加开阔和随意，虽然在不经意间也同样地露出小桥流水人家的韵味。

正像评弹天然地属于苏州一样，幽怨的二胡也人为地属于了无锡。尽管也有迎春怒放，尽管也有游人如织，你却总是会从空气中感到凄清的气息，含着一缕辛酸，一缕哀怨。好像这位被人们称为阿炳的民间艺术家，在用二胡诉说自己苦难的一生时，无意间也描绘了无锡初春的轻寒。

惠山茶会图（局部） 文征明

当世界各地的听众被《二泉映月》的曲调深深感动着的时候，他们也知道了“二泉”。可他们不会知道，这眼被阿炳赋予了性格和色彩的泉，原本只是被历代茶人评为天下第二的泉，也被叫做“陆羽泉”。不仅是阿炳，还有历代数不清的诗人歌颂过它。

王禹偁《陆羽泉茶》：

甃石封苔百尺深，试茶尝味少知音。
唯余半夜泉中月，留得先生一片心。

杨万里《酌惠山泉沱茶》：

锡作诸峰玉一涓，曲生堪酿茗堪煎。

诗人浪语元无据，却道人间第二泉。

然而，所有这些诗章都被《二泉映月》哀婉的曲调融化了。二泉成了一眼音乐之泉。它从陆羽那里开始，在阿炳那里完成，成为一眼具有忧伤性格的泉。

请记住，它的本名叫“惠山泉”。

苏轼与茶

眉山市的标志，便是矗立于市中心广场的三苏父子像。朱德元帅的题字，“一门三父子，都是大文豪。诗赋传千古，峨眉共比高。”用质朴的语言，说出了家乡人民对苏氏父子的爱戴之情。

文人是文化的载体。自唐代开始，中国文人便与茶这种意味深长的饮料建立密切的联系。要谈论文人与茶的关系，苏轼是一个绝好的切入点。

建于苏氏故宅旧址的三苏祠，始建于六百多年前，明末毁于兵火，清代重修。现占地达 5.6 万米^2，有殿、堂、廊、台、亭、榭等众多建筑物，并藏有大量与三苏有关的文物及文献。祠内收藏的苏轼诗词中，就有他那首著名的《汲江煎茶》，以及《试院煎茶》《月兔茶》等茶诗。

活水还须活火烹，自临钓石取深清。
大瓢贮月归春瓮，小杓分江入夜瓶。
雪乳已翻煎处脚，松风忽作泻时声。
枯肠未易禁三碗，坐听荒城长短更。

苏轼的这首《汲江煎茶》，不仅是优秀的艺术作品，也可以看出他对茶艺的精熟和深刻理解。

“深知活水还须活火烹”的苏轼，还专门设计了一种不致因火猛而烫手的提梁壶，后人称之为东坡壶。

据说，苏轼曾往参加过斗茶，与一代点茶大师蔡君谟战成平手。其实与蔡君谟斗试的另有他人，在传说中讹夺为苏轼。虽然如此，却可以见出苏轼与茶之关系的密切。所以，他对茶也有自己独到的见解。在《次韵曹辅寄壑源试焙新茶》中，他说：“要知玉雪心肠好，不是膏油首面新。”就是反对当时流行的在茶饼表面涂上一层油膏，认为这破坏了茶的天然滋味。

三苏祠中，真正的苏氏旧物只有这口井了，时间过去了近千年，而井水依然清凉可汲。祠内所设的茶馆，就以这井水烧茶待客。走累了的游人，坐下喝一杯香茗，回想一番参观所得的印象，这茶就会变得格外韵味悠长了。只是很少有人知道，苏轼还是一位茶学的大师。

苏轼喝故乡井水的时间并不长，但不论走到何处，他都要以茶为伴。

> “簿书鞭扑昼填委，煮茗烧栗宜宵征。”
>
> “皓色生瓯面，堪称雪见羞。东坡调诗腹，今夜睡应休。”

不管是消除案牍之劳还是激发创作灵感，苏轼都要喝茶。但更重要的，是要通过饮茶寄托自己的情怀。正是苏轼，第一个赋予了茶以“坚”的精神内涵。他说：“奇茶妙墨皆香，是其德同也；皆坚，是其操同也。”

苏轼《啜茶帖》书于1080年(元丰三年),行书,收藏在台湾故宫博物院,曾编入《苏氏一门十一帖》。“道源无事,只今可能枉顾啜茶否?有少事须至面白。孟坚必已好安也。轼上。恕草草。”内容谈啜茶,说起居,落笔如漫不经心,而整体布白自然错落,丰秀雅逸。

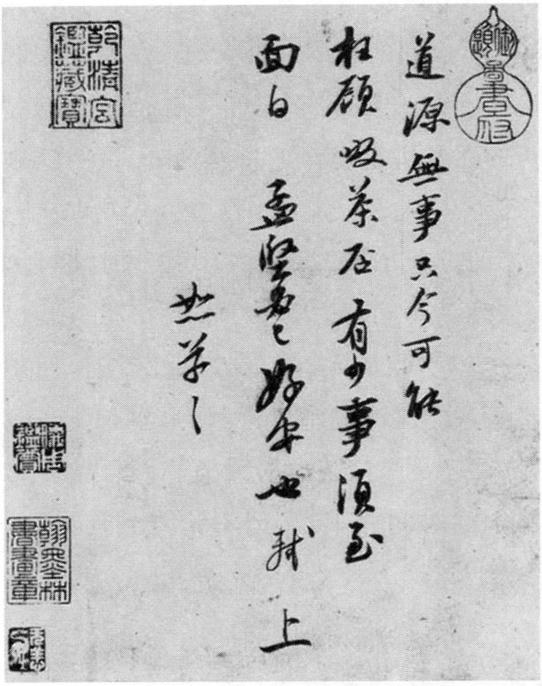

啜茶帖　苏轼

一生命运多舛,历尽坎坷的苏轼,始终保持了潇洒磊落的襟怀。“我今贫病长苦饥,分无玉碗捧蛾眉。且学公家作茗饮,砖炉石铫行相随。不用撑肠拄腹文字五千卷,但愿一瓯常及睡足日高时。”即便是在贫病交加之际,他也没有忘记饮茶,没有忘记通过茶来表达自己对生活的热爱。苏轼赋予了茶“坚”的品格,也同时写出了自己的人格。

苏轼离家时，乡亲们种丹荔一株，想等他回来。苏轼远谪，终生未一尝。丹荔树死了，明朝又补栽一棵。这一棵后来也死了。汪曾祺《眉山三苏祠》诗曰：

当日家园有五亩。
至今文字重三苏。
红栏旧井犹堪汲，
丹荔垂栽争几株。

人们没有忘记苏轼，没有忘记他在茶中表现的君子人格。

绍兴说茶

绍兴是鲁迅故乡，这里有鲁迅祖居，三味书屋等鲁迅生活的地方。不仅如此，鲁迅的家乡人还开了鲁迅小说中描写的咸亨酒店，酒店门外就站着可怜的孔乙己。看着鲁迅的乡亲们坐在条凳上喝黄酒，吃茴香豆，令人有不胜今昔之感。

鲁迅先生是喝茶的，似乎是每天都喝，还写过一篇散文《喝茶》，那结论却是：

“不识好茶，没有秋思，倒也罢了。”同样是散文大家的先生的二弟周作人，也写过一篇《喝茶》。文中说：

> “喝茶当于瓦屋纸窗下，清泉绿茶，用素雅的陶瓷茶具，同二三人共饮，得半日之闲，可抵十年的尘梦。”

鲁迅先生认为不可将神经营练得过于敏感细腻，妨碍了生命的发展。周作人则以为辛苦的人生当中，“偶然的片刻优游正亦断不可少，”这就是人生的艺术化。兄弟二人看法不同，思想却是同样深刻的。绍兴是产茶的，其优秀者如日铸雪芽、平水珠茶，皆为全国名茶。宋代大诗人陆游有诗云:“取泉石井试日铸,吾诗邂逅亦已成。”对故乡的茶是十分欣赏的。大约是因为生于茶乡的缘故,陆游茶诗甚多,在历代诗人中也不遑他让。其《兰亭道上》:

兰亭步口水如天,茶市纷纷趁雨前。

乌笠游僧云际去,白衣醉叟道旁眠。

可见宋朝绍兴的茶市即已十分繁荣。

至于平水珠茶则更是绍兴茶的代表。

平水珠茶也是我国圆炒青的代表。因毛茶在绍兴东南的集镇平水集中加工而得名。这种茶紧结重实,色泽墨绿,香高味浓,倒是与浙东民风颇为相似。十八世纪在伦敦每磅售价十先令六便士,不亚于珠宝。

徐文长是绍兴家喻户晓的人物,他那跳脱放浪的行为是深得人民喜爱的。明朝又是知识分子脱离官场以笔墨为生的时代,因而其心态更为潇洒,生活情趣更为多采。青藤书屋中可以看到徐文长作并书写的《煎茶七类》,它表现了当时文人更为精致更为艺术化的品饮趣味。

“先涤漱,即乃徐啜,甘津潮舌,孤清自萦。设杂以他果,香味俱夺。”

《煎茶七类·四·尝茶》

这与周作人主张的在刹那间体会永久及对茶食的认真讲究是有异曲同工之妙的。

说到书法作品,比《煎茶七类》更有名的是王羲之的

《兰亭集序》。兰亭如今已辟为公园,康熙、乾隆两位皇帝临写的《兰亭集序》碑也矗立其内。据说,《兰亭集序》在王羲之第七世孙智永和尚手中传给徒弟辩才,唐太宗闻讯派大臣萧翼前来搜求。他找到辩才,与之谈诗论文,品茶饮酒,骗得辩才信任,出示了《兰亭集序》原作。萧翼乘其不备盗走献给了唐太宗,后随唐太宗下葬于昭陵。

对于真正的茶人来说,这些茶话固然重要,但他们更关注的事情却在别处,八十五岁的吕增耕曾在三十年代与吴觉农共事,谈起这位当代茶圣,不能不让人敬意顿生。

也许,前辈茶人们关心茶农疾苦,矢志强国富民的精神与业绩才是茶文化更本质的品格。

福州茶史

鼓山在福州市近邻，因摩崖石刻而闻名。自宋至清，无数书法家在此留下了墨宝，其中最著名的是蔡襄所书“忘归石”三个大字。蔡襄与苏轼、黄庭坚、米芾并称为“宋四家”，是一个时代书法成就的代表。同时，他又是一位杰出的茶人。所著《茶录》虽篇幅短小，却论述全面而精当，是后世研究茶史不可漠视的经典。更重要的是他创造了历史上最名贵的贡茶——小龙凤团茶。宋人王辟之说：

“建茶盛于江南，近岁制作尤精，龙凤团茶最为上品，一斤八饼。庆历中，蔡襄为福建转运史，始造小团以充岁贡献，一斤二十饼，可谓上品龙茶者也。”

——《渑水燕谈录》

蔡襄在福建任职时间甚长，这鼓山和涌泉寺想必是常来的，不知他对此地的龙头泉有何评价。史载他与苏舜元斗茶，以茶精水劣而告负。如今，在泉旁的茶馆里，饮龙头泉所泡之乌龙茶，漫谈茶史逸事，倒是适得其所。

不过，在福州追怀茶史，是会令人悲欣交集的。距鼓山不远的马尾港，就分明地记录着中国人的屈辱。

1840 年鸦片战争之后，中国被迫与英国签订了丧权辱国的《南京条约》，其中规定，中国开放广州、福州、厦门、宁波、上海等五处港口为对外贸易口岸，即所谓的“五口通商”。据说，道光皇帝曾拒绝加入福州港，英国则为了方便运输福建所产小种红茶出口，坚持要开放福州港，结果是以清政府的屈服而告终。

林则徐领导的禁烟失败了，但他那“苟利国家生死以，岂因祸福趋避之”的爱国主义精神却在激励着后人。

鸦片战争后的一百多年里，无数志士仁人，为了中华民族的伟大复兴，前赴后继，进行了艰苦卓绝的斗争和不屈不挠的探索，这其中也包括几代茶人。

已经年过八旬的庄任夫妇，曾追随吴觉农先生创办了中国第一个茶学系——复旦大学茶学系，时间是 1940 年，恰好是鸦片战争后一百年，也是抗日战争最艰苦的时期。此后，他们又根据吴觉农的建议前往全国各茶区考察。

艰苦的战争环境，艰难的考察道路，都不能阻止这一群年轻人去开创一项庄严而神圣的事业。1941 年，他们又在福建创办了第一个全国性的茶叶研究所。几十年过去了，他们已变成白发苍苍的老人，但谈起茶，他们却依然专注而热情。

在有着上千年产茶历史的福建，在见证了一百多年中华民族苦难史的福州，你会发现，茶并不仅仅是一种饮料，它和我们国家的兴衰荣辱息息相关。正因如此，当我们听到年轻一代茶人的声音时，才会感到由衷的欣慰。

两岸茶缘

天阴着，海天便浑茫成了一色。海潮一起一伏，舟船往来不断，远处长长的一线暗影便是金门岛，身旁的礁石上矗立着郑成功的塑像，身后就是厦门了。与大多海滨城市相似的，是那建筑的西洋情调，西风东渐，多来自海上，从那建筑身上便看到了与西方交流的历史。

十七世纪，郑成功驻厦门时，便与西方有了贸易。出口的物品中自然少不了茶。那正是中国茶叶出口的旺盛时期，鸦片战争之后，便渐渐衰落了。

茶是见证了历史的，时代却也成就着茶。还是在厦门，茶厂里用的已是流水线，倒进青叶，出来的便是油亮的乌龙茶，只在拣剔时保留了一点人工。这样也好，手巧的女工们的劳作会让人想起传统，那茶的滋味想必也是格外好的。

乌龙茶在日本风靡了，便有日本学者说，季风从福建刮到日本，季风是会影响人的口味的，于是日本人便喜欢上了乌龙茶。如此妙论，厦门人听了只是一笑了之。

厦门人说，当年郑成功收复台湾时，军队里便有500个安溪人，安溪人是会种茶的，于是台湾就产茶了。此说不知真假，不过，茶书里确实写着，台湾的名茶：冻顶乌龙与台湾包种茶是福建人创制的。

茶
茶
茶

喝茶从江南向江北的推进

喝茶起于江南，魏晋时期江南喝茶已比较普及。《三国志·吴志·韦曜传》记载，东吴帝孙皓举行宴会“无不竟日”，即一喝就是一天。参加宴会的人无论酒量大小，最少得喝七升，如果不喝光，就会被强行灌下去。韦曜刚见到孙皓时被另眼相看，因其酒量只有三升，孙皓就下令他可以少喝，或者不明着让他少喝，而是悄悄地递给他茶水来代替酒。东吴的都城在现在的南京，孙皓在位的时间是公元264—280年，这则材料说明，在东吴皇室的宴会上是随时可以端来茶的，可见上层社会喝茶是比较普遍的。

和孙皓大约同时的傅咸（生于公元239年，卒于公元294年）则记载了另一件与茶有关的事情，他说“南方有蜀妪，作茶粥卖之，”市场管理人员把她煮茶的器具捣毁了，“蜀妪”没办法，只好改为卖饼。由“蜀妪”一词可知这事发生在四川。文中所说的“茶粥”并非加了茶叶或茶水煮成的米粥，其实就是茶水。唐杨华《膳夫经手录》说：“茶，古不闻食之，近晋宋以降，吴人采其叶煮，是为茗粥。”可见直到唐朝，茶汤仍被称为“粥”。“蜀妪”能够卖“茶粥”谋生，自然是因为来买的人不少，顾客也只能是街头的普通百姓，可知这一时期四川一带平民喝茶也较普遍。在南北朝时喝茶的习惯逐渐从长江以南的产茶区向江北扩展。《洛阳伽蓝记》中有这样一段记载：南齐尚书左仆射王奂之子王肃，因为父亲兄弟均被杀，便只身从建业（今南京）逃到洛阳，投奔北魏，受到重用，成为尚书令。王肃刚到北魏时，不吃羊肉和酪浆（即羊奶、牛奶），喜欢江南人爱喝的鲫鱼汤和茶。洛阳的上层人士，见王肃一碗接一碗地喝茶，就给他起了一个绰号叫“漏卮”。数年之后，王肃出席宫廷宴会，吃了很多羊肉和酪粥。魏孝文帝觉得很奇怪，就问他，“在中国的食物的味道，羊肉比鱼汤怎么样？茶比奶怎么样？”王肃回答说：“羊是陆地上所产的食物里最好的，鱼是水里所产的食物中最好的。人们对它们的爱好不同，但它们都可以称为珍馐。从味道上说，它们还是有优劣的。羊肉的味道像齐鲁那样的大国，鱼汤的味道像邾、莒（春秋的两个小国名）那样的小国。只有茶不行，只能给酪当奴隶”。孝文帝的弟弟彭城王对王肃说：“那你为什么不重现齐鲁那样的大国，而喜爱邾、莒那样的小国呢？”王肃说：“我的家乡认为美味的东西，我也不得不爱好。”彭城王说：“你明天到我府上来，给你准备邾、莒那样的食物，也有酪的奴隶。”从此茶就有了另一个名字——酪奴。

彭城王对茶不以为然，给事中刘镐却十分仰慕王肃的生活习惯，专门学习喝茶。彭城王知道后对刘镐说：“你不羡慕王侯们的珍馐美味，却喜欢小小的水灾。海上有专门追逐臭味的男人，街巷里有效颦的女人，你就是他们这样的人。”彭城王家有来自吴地的仆人，用彭城王说的这些话跟人开玩笑，这件事就传出去了。从此，朝廷和贵族们的宴会上，虽然还是摆上茶，客人们却以喝茶为耻而没人去喝。

这个故事在茶文化史上是非常有意味的。它告诉我们，在这个时期，随着一批江南人来到江北，喝茶这样一种生活习惯也被带到了江北。是喝茶由南向北推进的重要史料。当时的北魏，是来自蒙古草原的鲜卑族建立的政权。肉食乳饮的鲜卑人觉得喝茶是一种很奇怪的习惯，所以看见王肃每天不停地喝茶而叫他“漏卮”。在这个有调侃意味的绰号里，有一点不解，也有一点嘲讽。这种情况在文化传播过程中是很常见的，也是很自然的，人们很容易自然而然地认为自己的生活习惯是最正常，最合理，对于与自己不同的地区或民族的人们的生活习惯则感到莫名其妙，并进而不以为然。这或者可以称为自然的文化保守主义。

魏孝文帝是一个有作为的皇帝，他把首都从平城（今大同）迁往洛阳，推行汉化，要求着汉服，朝廷上说汉语，鲜卑人改汉姓，贵族与汉人通婚，以汉族典章确定北魏制度。这是一个文化落后的民族自觉地大规模地向文化先进的民族学习的过程，但是这些措施遭到鲜卑贵族的激烈反抗，甚至引发了以太子为首的军事叛乱。

王肃与孝文帝的对话就是在这样的大背景下发生的。王肃对孝文帝问题的回答，明显的是在贬抑汉族的饮食习惯，特别是说茶是“酪奴”，是有暗示汉族是鲜卑族奴才的意思的。王肃从南齐逃到北魏，因为对汉族典章制度的熟悉而受到孝文帝的重用，并为营建洛阳新都出谋划策，所以他是非常清楚孝文帝推行汉化的决心的。但在这次宴会上，他为什么又对汉文化进行贬损呢？饮食习惯不同于政治制度、礼仪、语言、服饰，它对一个政权没有那么重要。饮食习惯是由地域、气候、物产等外部条件的制约而形成的，它虽然与政治无关，却与民族情感密切相关。对于一种饮食习惯的尊重，也就是对产生这种习惯的地域的民族的尊重。所以王肃在这种与政治无涉的生活细事上贬抑汉族，抬高鲜卑族，固然是曲意逢迎，却并不与孝文帝出于政治需要的汉化政策发生冲突。

事实上孝文帝的问题本身已经流露出他更欣赏鲜卑饮食习惯的倾向。他没有正面评价王肃的话，而是出了一个谜语，答案是“习”字。有人认为这个谜底是孝文帝在暗示汉族人要学习鲜卑的风格，也有人认为是说鲜卑人要学习汉族的风俗，我认为前说似乎更合理，因为王肃确实习惯了鲜卑人的饮食。

《洛阳伽蓝记》里的这个故事让我们知道这样一个事实：喝茶仅仅作为一种饮食习惯，在由长江以南向长江以北的传播过程中，引起了羡慕、学习和蔑视、抗拒两种不同的反映，而最后是反对派占据了上风，大家却认为喝茶是一件可耻的事情。这个故事大约发生在公元500年左右，由于史料的缺乏，喝茶在北魏是否流行起来我们不得而知。唐封演在《封氏闻见记》中记录的喝茶在江北普遍流行的情形已经是二百年以后的事情。刘镐学习喝茶，是把喝茶当作一种时尚，并不是出于生活的实际需要。以彭城王为代表的鲜卑贵族对喝茶的蔑视，除了对自己民族饮食文化的优越感之外，也是因为没有对茶的实际需要。肉食乳饮的游牧民族接受茶需要一个相当长的过程。

2015年9月13日于北京二稿

2015年10月16日校订于青岛

以一个冷静的头脑去看忙乱的世界

——《茶经》漫谈之一

《茶经》的作者陆羽，生于公元733年，卒于公元804年，唐复州竟陵人，即今湖北天门人。他是一个弃儿，被当地龙盖寺住持智积收养。所以陆并非他的本姓，陆羽这个名字，是智积和尚用《易经》占卦，得到的是“渐”卦，卦辞是：鸿渐于陆，其羽可用为仪。遂为他取名陆羽，字鸿渐。

陆羽在寺庙中长大是幸运的，因为和尚们总要持诵经书，寺庙是一个有文化的地方。陆羽后来能够著书立说，就是在这里打下的基础。也许是天性使然，陆羽年纪稍长，就不喜欢佛教，反而喜欢儒家的书，并因此与智积发生冲突，后来干脆逃出了龙盖寺，当时他只有十几岁，由此也可以看出陆羽是个极有个性的人。

逃出龙盖寺后，陆羽当了一段时间的演员，其才能被竟陵太守李齐物发现，送他到火门山隐士邹夫子处读了几年书，此后便开始了游历的生活。陆羽停居过很多地方，时间较长的有苕溪，即现在的浙江湖州，并在这里完成了《茶经》著述。

陆羽一生撰写过很多著作，均已失传，只留下一部《茶经》。《茶经》的意义，用宋人陈师道的话说，是："夫茶之著书，自羽始。其用于世，亦自羽始。羽诚有功于茶者也。"

《茶经》的内容，包括以下几个方面：指称茶的文字及与茶有关的历史资料；茶树生产的土壤条件、光照与茶的品质之间的关系，各产茶区茶品质的高下；制茶工具、工艺及成品茶品质的鉴别；煮茶的器具及煮茶的程序；饮茶对人身体的影响及饮茶的意义；如何在条件不具备时用比较简单的方式煮茶；在喝茶时要把《茶经》写在素绢上并："陈诸座隅。"

在这些内容中，除了茶的文字及相关历史资料，和饮茶的意义两部分之外，其他部分都是关于与茶相关的技术问题的，《茶经》似乎可以被看作是一部谈论茶的技术性问题的著作。然而，认真读《茶经》，就会发现未必尽然。

《茶经·四之器》是专门讲茶具的（陆羽称为"茶器"）。对于风炉，即烧水用的炉子，要求："凡三足，古文书二十一字。一足云：'坎上巽下离于中'；一足云：'体均五行去百疾'；一足云：'圣唐灭胡明年铸。'"坎、巽、离都是卦名，巽主风，离主火，坎主水，写上这三卦是说"风能兴火，火能熟水。"另外两句陆羽没有解释。这三句看上去互不相干的话放在一起有什么意义呢？他们的共同之处是讲规律，水风火之间的关系是自然界的规律，人体五行均衡是健康的规律，由乱到治是社会规律。规律也可以说是道，这样一来，喝茶这件事就不那么简单了。

"四之器"中所说的茶具比我们今天说的茶具更宽泛，包括炙烤、研磨、过筛、烹煮、饮用、贮藏用的所有器具，有二十四种之多。陆羽把每一种茶具用何种材料制作，制成什么形状，乃至具体的尺寸都写得很详细。茶具并非生产工具，大可不必要求如此严格，陆羽应该是在制定一种规范。我们知道，在日常生活中，只有仪式化的活动中才是需要规范的。

在《茶经·五之煮》中，陆羽对煮茶的步骤要求得同样严格和细致。烧火的柴要用炭或劲薪，脏的或出油的木柴不能用；又把水的沸腾分为初沸、二沸、三沸，以前大概没有人这样分过。又规定初沸时放盐，二沸时出水一瓢，投茶等等。煮好的茶盛到碗里的时候，要让每一个碗里的泡沫均匀。唐代的茶主要是饼茶，碾成粉末后投入沸水中煮，所以有很多泡沫。陆羽要求喝茶的人，去欣赏这些像枣花、青萍、浮云、绿钱、菊英一样优美的泡沫的形态。很显然，这种仪式化的喝茶程序是一种艺术活动过程。

古人烹茶图

我们说陆羽把喝茶上升为一种艺术，这一点在《茶经·四之器》中对茶碗的要求里也可以得到证明。大概当时流行的看法是认为邢州瓷比越州瓷好，陆羽认为不然。

他说："若邢瓷类银，越瓷类玉。邢不如越，一也。若邢瓷类雪，则越瓷类冰。邢不如越，二也。邢瓷白而茶色丹，越瓷青而茶色绿。邢不如越，三也。"又说："越州瓷，岳瓷皆青，青则益茶。"有学者认为陆羽以颜色为最高标准的评价方式是一种茶人的偏见，我则认为，这恰好证明了陆羽把喝茶提升成为一种艺术活动的用意。他把碗的颜色和茶汤的颜色配合在一起是否好看，即是否美作为评价碗的标准，正是艺术必须的条件。

任何艺术都有形式的内容，陆羽所创造的喝茶这门艺术的内容是什么呢？在"六之饮"里，陆羽说："饮之时义远矣。"又说："至若救渴，饮之以浆；蠲忧忿，饮之以酒；荡昏寐，饮之以茶。""荡昏寐"，历来的注释都说是去除瞌睡的意思，这从字面上解释是对的，而且茶也确实有提神醒脑，令人不眠的作用。但是对这句话还可以稍加分析。陆羽说喝酒的作用是"蠲忧忿"，即可以去除人的忧愁烦恼，解决的是人的精神状态问题，下面说喝茶只是解决人的生理方面的问题，上下文义难以说通。再者，仅仅为了去除瞌睡，把喝茶的过程搞得如此精致复杂，似也大可不必。"昏寐"一词，稍加引申，就可以说是像昏昏欲睡一般的糊涂。如果这样理解，"荡昏寐"的意思就是去除那些糊涂的不清醒的认识，使人具有清明的理性。

这一点也可以自皎然的诗中得到旁证。皎然是陆羽的密友，生前与陆羽过从甚密，死后其灵塔与陆羽坟仍隔谷相望。更重要的是他对陆羽茶的思想的认同与理解。他提到陆羽的诗有多首，其中《九日与陆处士羽饮茶》说，九日山僧院，东篱菊也黄。
俗人多泛酒，谁解助茶香。

诗中俗人只知道喝酒，而理解茶的意味的人很少，显然是表示对于陆羽茶学研究和思想的认同。他在《饮茶歌诮崔石使君》诗中说，

一饮涤昏寐，情思朗爽满天地。
再饮清我神，忽如飞雨洒轻尘。
三饮便得道，何须苦心破烦恼。

皎然说“涤昏寐，”陆羽说“荡昏寐”，涤和荡仅一字之差，意思相同。更重要的是皎然对“涤昏寐”的效果做了描写，“情思朗爽满天地”是说人的情感与思想都达到了一派澄明的境地。这显然不是指生理的清醒。第二句是说，再饮一杯茶，人的精神世界达到了没有渣滓的干净。第三句则说喝了第三杯茶，便会得道，进而内心不再有任何烦恼。“得道”就是认识到规律，对世间的是是非非，对个人的升沉荣辱都看得很清楚。皎然的思想与陆羽的思想是一致的，可见“荡昏寐”是指去除认识上的不清醒。

茶确实可以祛除人生理上的昏沉，但这与祛除认识上的不清醒毕竟不是一回事。陆羽的贡献正是利用了茶的提神醒脑的物质特性，通过一套精致的程序化的饮茶艺术，把人带入到一个规定的情景之中，进而达到澄思洁虑，通达明澈的精神境界之中。

陆羽所规定的煮茶，过程很长，也很复杂。二十四种

茶器，一一排列开来，收拾干净，然后开始炙茶、敲碎、碾磨、过筛、烧水、投茶、出茶，每一步都得全神贯注，水的一沸二沸三沸之间的时间很短，稍不留神水就烧过了，煮好的茶盛到碗里之后，饮者先要欣赏白色的泡沫并以想象形成优美的形象，然后“乘热连饮之。以重浊凝其下，精英浮其上，如冷，则精英随气而竭。”

陆羽创造的这个饮茶程序构成了一种新的秩序，而任何仪式都是由一个特定的秩序构成的。仪式的作用在于回应心灵的呼唤，把人带入到超越寻常生活的情境之中。我们分析一下陆羽所规定的煮茶饮茶程序，无论煮茶还是饮茶的人，身处其间，便会自然而然地进入到一种悠闲、从容、平静的精神状态之中，日常生活的烦扰被隔离在心灵之外，成为与己无关的事情。当此之时，人的内心是宁静的，人的思想是明达的。喝茶在这时成为了一种以静为核心的修养身心的仪式或方式。

诸葛亮《诫子书》中说：“夫君子之行，静以修身，俭以养德。非淡泊无以明志，非宁静无以致远。”淡泊与宁静，都是对内心欲望自我约束、调节的结果。陆羽说：“茶性俭，不宜广，（广）则其味黯淡。且如一满碗，啜半而味寡，况其广乎。”“性俭”的不仅是茶，人生中任何美好的东西，美好的时刻总是稀少和有限的。理解了“茶性俭”，其实就是理解了人生的整体平淡凡庸和艺术地超越平淡凡庸只存在于生命中很短暂的时期内。对人生这种实际状况的觉解正是淡泊与宁静的思想基础。“茶性俭，不宜广”，是陆羽创造的饮茶仪式中对人的欲望的调节与约束的象征性启示。

陆羽说："其色缃也，其馨也。其味甘，槚也；不甘而苦，荈也；啜苦咽甘，茶也。"我们常说苦尽甘来，没有苦就无所谓甘。作为茶来说，苦和甘是一个整体，只不过在味觉的感知上是有先后的，喝茶必先尝到其苦才能觉到其甘，这与人生的实际况味是一致的。当一个饱经沧桑的人喝一杯茶的时候，与其说是在品尝茶的滋味，倒不如说是在品尝人生的滋味。茶在味觉上的苦与甘，正是陆羽把喝茶提升为一种仪式化的生活的艺术的基础。人们在喝茶的时候会很自然的品觉到生活经历中的苦与甘，从而使喝茶与整个人生融为一体，产生深广的意味。

有西方学者认为，陆羽所创造的饮茶程式，只是他的一种主观设计，并没有特别的意思。这大概是因为西方人并不懂中国人人生修养的方式。在中国人看来，修身养性并不是外在于生活的另一种活动，它就在我们的生活本身之中，黄灯古卷，焚香静坐固然是修行，但洗衣做饭、耕田收稻也是一种修行。正如佛教告诉我们的，只要心里有佛祖就行。

林语堂说："据《茶录》所说'其旨归于色香味，其道归于精燥洁。'所以如果要体味这些质素，静默是一个必要的条件；也只有'以一个冷静的头脑去看忙乱的世界'的人，才能够体味出这些质素。"

懂得了喝茶的目的，不过是要学会"以一个冷静的头脑去看忙乱的世界"，大约就真的看懂了《茶经》，也可以说是真知茶味了。

2013 年 7 月 31 日二稿

2015 年 8 月 27 日三稿于北京

口舌之味通于道——《茶经》漫谈之二

唐封演《封氏闻见记》说：

> 开元中，太山灵岩寺有降魔师大兴禅教，学禅务于不寐，又不夕食，皆许其饮茶。人自怀挟，到处煮饮。从此转相仿效，遂成风俗，自邹、齐、沧、棣，渐至京邑，城市多开店铺，煎茶卖之，不问道俗，投钱取饮。其茶自江淮而来，舟车相继，所在山积，色额甚多。楚人陆鸿渐为《茶论》说茶之功效，并煎茶、炙茶之法，造茶具二十四事，以都统笼贮之，远近倾慕，好事者家藏一副。

文中所说的开元是公元713—741年，陆羽《茶经》的完成时间是公元764年，可见在《茶经》出现之前六十年，喝茶由于佛教禅宗僧侣的影响，已经在北方流行开来。这种情况，距离王肃把喝茶的习惯从江南带到江北，受到贵族和社会上层人士嘲笑和抵制，大约有二百年的时间，可见喝茶的习惯被北方人普遍接受，并非一蹴而就，而是经过了这二百年的时间。其间的具体情况由于缺少文献资料，我们已经无法弄清楚了。

开元年间喝茶既然如此普遍，且有了茶馆，那么是否有专门的茶具呢？应该是有的，但人们在家里喝茶则难免会借用某些炊具，例如炉和鍑（釜）就未见得单独制办。《茶经》出现之后，书中说的茶具对当时的影响最为明显，以致“好事者家藏一副”。问题是陆羽为什么要设计这么一套完备的茶具（当时叫茶器）呢？当然是为了煮茶喝茶的方便，但陆羽又说：“二十四器阙一，则茶废矣。”有意思的是，这句话是在《茶经·九之略》这一章里出现的。在“九之略”这一章里，陆羽专门讲的是在野外煮茶喝茶，哪些茶具是可以没有的。说明当时的人们已经在郊游的时候随身携带茶具，在野外煮饮。针对这种情况，陆羽认为可以用较少的茶具来喝茶。“但城邑之中，王公之门”，二十四器是缺一不可的。不仅如此，陆羽还要求，“以绢素或四幅，或六幅，分布写之，陈诸座隅，则茶之源、之具、之造、之器、之煮、之饮、之事、之出、之略，目击而存，于是《茶经》之始终备焉。”很显然，郊游时在野外喝茶，与“城邑之中，王公之门”在室内喝茶，在陆羽看来是两种不同的喝茶形态。前者比较随意，可以便宜行事，后者则似乎是在举行一个仪式性的活动，所以任何一件器具都是不可缺少的。由此可以看出，陆羽设计的这一套茶具，不仅是煮茶喝茶实际需要的工具，同时也是一套崭新的特殊的礼器。

陆羽对煮茶的风炉有这样的要求，“其三足之间，设三窗，底一窗，以为通飚漏烬之所，上并古文书六字：一窗之上书‘伊公’二字，一窗之上书‘羹陆’二字，一窗之上书‘氏茶’二字，所谓‘伊公羹，陆氏茶’也。”伊公即伊尹。据《吕氏春秋》记载，伊尹是夏末商初人，是奴隶之子，后为庖人收养，学会了高超的厨艺，并乐尧舜之道。汤见到伊尹，问天下之美味，伊尹先讲至味的烹饪之道，再讲最好的食材，最好的佐料，然后顺流而下，说之所以能达到目的，是因为有好马，但“非为天子，不可得而具。天子不可强为，必先知道。道者，止彼在己，己成而天子成。天子成则至味具。故审近所以知远也，成己所以成人也；圣人之道要矣，岂越越多业哉！”伊尹由“至味”推演出了以“成己”即以个人修养为中心的成为天子的圣人之道。“至味”是由最高超的烹饪技艺和产于广大领土各个地方的最好的食材加工而成的，它是一种极致的象征。要想吃到这种极致的美味，就必须提高个人修养，达到人的极致，成为“天子”。

砚与茶具　齐白石

“至味”和“天子”的共同之处在于都达到了同样的境界——极致。为了达到这个境界，它们都需要经过一个改造提高的过程。这个改造提高的过程又必须是依据最根本的原则。对于食物，这个原则是了解食物的特点，懂得水的重要性和火的强弱疾徐变化对食材味道的影响，以及甘、酸、苦、辛、咸五种味道的调料放入的先后次序及多寡，此外还要懂得阴阳的转化和四季的影响，其实就是“和”。对于人来说，这个原则就是“知道”，而“道”的核心就是“成己”。任何事物的最高原则都是合于道的。烹饪虽然是小事，但技艺达到了极致，是和治理天下大事的根本原则是相通的。钱钟书说：“伊尹是中国第一个哲学家厨师，在他眼里，整个人世间好比是做菜的厨房。《吕氏春秋·本味篇》记伊尹以至味说汤的那一大段，把最伟大的统治哲学讲成惹人垂涎的食谱。”

陆羽所说的“伊公羹”，指的就是伊尹由“至味”推演出的政治哲学。陆羽把《茶经》所说的茶与伊尹所说的羹并列，显然是在表明他的茶说也是说哲学问题。所不同的只是他由茶推演出的不是政治哲学，而是人生哲学。由此我们可以理解，陆羽为什么要通过缺一不可的二十四种器使喝茶成为一种仪式。仪式不同于日常生活，而是和日常生活产生一定的距离并进而与之分隔开来。陆羽说到煮茶专用的鍑（釜）时说：“用银为之，至洁，但涉于侈丽。雅则雅矣，洁亦洁矣，若用恒，而卒归于铁也。”饮茶益洁，在今天我们的观念中是一种常识，但在《茶经》出现之前，似乎并非如此。所以陆羽又说：“其火用炭，次用劲薪。其炭经燔炙，为膻腻所及，及膏木败器，不用之。古人有劳薪之味，信哉！”“膻鼎腥瓯，非器也。”“或用葱、姜、枣、橘皮、茱萸、薄荷之等，煮之百沸，或扬令清，或煮去沫，斯沟渠间弃水耳，而习俗不已。”可见，陆羽所说的“洁”，不只是指干净，同时也是不允许任何异味进入到茶中，以保持茶本来的味道，更重要的是要把煮茶和烹煮食物在燃料、器皿、方法上区分开来。“炭经燔炙”，“膻鼎腥瓯”，以及放入葱、姜、枣、皮、茱萸、薄荷等调味料，明显可以看出，当时人们是用煮汤（羹）的方式来煮茶的，而且其燃料、器具也是平常所用的炊具，而陆羽则是要把茶从日常的饮食中剥离出来，成为一种独立的饮料，它拥有专门的加工烧煮工具，专门的煮饮方式，从而呈现出足以“与醍醐、甘露抗衡”的美妙味道。

但如果是仅仅如此，饮茶还不能说是仪式化的，陆羽所规定的茶器和煮饮方式还只能看作是为了得到茶的美妙纯粹的味道的技术层面的要求。值得注意的是，陆羽要求把《茶经》写在绢素上陈诸座隅，这显然不是煮茶饮茶所必须的技术条件，而是像婚礼上一定会在某个地方贴上“囍”字一样，是婚礼仪式不可或缺的一种标志。陆羽虽然没有提及专门的茶室，但悬挂着《茶经》的房间里，想必应该是简素、整洁、安静的。仪式的另一个特点，是要有特定的程序，并通过这个程序使参与者或旁观者产生某种共同的情感或共同的心理状态。

陆羽字《茶经 · 五之煮》中只讲了煮茶的部分操作过程，但我们可以由《四之器》中所介绍的二十四种茶器的功用再现这个程序的全过程，知道这个程序环节很多，操作要求很精确，历时也较长。在一个相对独立的空间里，参与这个仪式化的煮茶过程的人，与自己的日常生活暂时地隔离了开来，进入到一个安静淡然的心理状态之中，而这种心理状态正是喝茶所必需的。我们知道，作为饮料，茶的特点是味淡而丰富，要能真正品尝出这种平淡中包含的丰富，只有在心平气和的状态下才能做到。所以，陆羽所规定的这个仪式化的煮茶程序目的之一就是调节人的情绪和心理状态，这固然是喝茶所需要的，但同时也是修养身心的过程。心平气和本身只是一种心理状态，但其背后往往是有思想基础的。一个心平气和的人，不会有太强烈的欲望，对现实和人生也往往会有比较明达的认识。因此，陆羽提出喝茶可以“荡昏寐”，即能够祛除那些不清醒的认识，就是顺理成章的了。茶本来就有使人头脑清醒的作用，在陆羽之前，就有人说过茶“令人少眠”“益思”，但这只是生理上的作用，陆羽通过这种仪式化的煮茶程序，使人达到内心平静淡然的状态之后，又把隐含在这种心理状态背后的人生态度和茶的令人头脑清醒的作用结合起来，把喝茶自然地转化成可以使人平静、清醒、客观地看待社会现实和自我的认识方法，就像陆羽的朋友皎然所说的那样，“一饮涤昏寐，情来朗爽满天地。再饮清我神，忽如飞雨洒轻尘。三饮便得道，何须苦心破烦恼。”喝茶从日常生活的一部分上升成为人进行自我修养的一种方式，它能使人更加透彻地理解人生，达到无忧无虑的生命状态。茶在这时真正成为了人的心灵的甘露。

陆羽又说：“凡煮水一升，酌分五碗，乘热连饮之，以重浊凝其下，精英浮其上。如冷，则精英随气而竭，饮啜不消亦然矣。”“茶性俭，不宜广，(广)则其味黯澹，且如一满碗，啜半而味寡，况其广乎！”可见，陆羽所说的喝茶不是为了解渴或满足生理上的嗜好，而是让饮者去品尝世间最美好的滋味。这和伊尹所说的“至味”一样，也是一种极致。和伊尹不同的是，陆羽不是把茶的极致等同于践行了“圣人之道”而成为“天子”的这种人的地位的极致，而是阐发了茶对人的精神世界的洗涤作用，认为喝茶可以让人摆脱世俗的困扰，从而获得高度的精神自由。

我们说陆羽把煮茶、喝茶仪式化了，但在仪式中是常常包含着艺术的成分的，仪式和艺术往往是不可分割的。所以，陆羽在把喝茶仪式化的同时也使它艺术化了。

宗白华在《美学散步》中谈到日常生活与艺术之间的关系时说：

女子郭芳有一首诗《舟还长沙》说得好：

依家家住两湖东，
十二珠帘夕阳红。
今日忽从江上望，
始知家在画图中。

自己住在现实生活里，没有能够把握它的美的形象。等到自己对自己的日常生活有相当的距离，从远处来看，才发现家在图画中，融在自然的一片美的形象里。

但是在这主观心理条件之外，也还需要客观的物的方面的条件。在这里是那夕照的红和十二珠帘的具有节奏与和谐的形象。

就是说，日常生活要成为艺术有两个条件：一个是与日常生活拉开一定的距离；一个是日常生活本身具有美的因素。前面我们已经说过，陆羽把茶器与炊具区分开来，给煮茶制定一套专门的程序，并在一个相对独立的空间中进行，都是使人在喝茶时与日常生活拉开一定的距离，这固然是仪式化的需要，同时也是艺术化的需要。另一方面，陆羽对于二十四种茶器的形状、尺寸、材料的细致的要求，当然是为了在饮茶的仪式中产生肃然平和的心理感受，但同时也是为了使这些器具本身具有一种朴素的美。特别是他对于茶碗的颜色的特殊的要求，以及要求喝茶的人认真地去观赏茶汤上漂浮的泡沫，并联想出各种美好的形象，则说明了陆羽是清楚自觉地使喝茶成为一门艺术的。

我们现在常说口舌之味通于道，其实还只是隐约地感觉到口舌所尝到的"味"与"道"之间有某种关系，真要追究口舌之味何以能通道，却是说不清楚的。而陆羽早在一千多年前就找到了两者之间的关联。

宋人陈师道在《茶经序》中，一方面说："羽诚有功于茶者也。"一方面却又说："夫茶之为艺下矣，至其精微，书有不尽，况天下之至理，而欲求之文字纸墨之间，其有得乎？……史称羽持具饮李季卿，季卿不为宾主，又著论以毁之。夫艺者，君子有之，德成而后及，所以同于民也，不务本而趋末，故业成而下也。学者谨之。"从《茶经》完成到陈师道著此文已过去了三百多年，陈仍然认为《茶经》只是一本教人茶艺的书，与道德无涉，所以其功业是低下的，陆羽当年受到李季卿的冷落也在情理之中。其实这是陈师道没看懂《茶经》，并不是陆羽没说明白。

2015 年 10 月 14 日二稿于青岛

煮茶的水与火——《茶经》漫谈之三

陆羽制定的煮茶程序细致详尽，从炙茶直到饮啜，是一个完整的过程。对于燃料，他说："其火用炭，次用劲薪。其炭经燔炙，为膻腻所及，及膏木败器，不用之，古人有劳薪之味，信哉。"现在一般都认为，这是指炙茶所用的燃料，其火与茶直接接触，异味会进入茶中。但古人对燃料的看法和现在不同，是认为不同的燃料有不同的属性，烧煮出的食物味道不同，对人也有不同的作用。"劳薪"一词出于《世说新语·术解》，说："荀勖尝在晋武帝坐上食笋进饭，谓在坐人曰：'此是劳薪炊也。'坐者未之信，密遣问之，实用故车脚。"即是说燃料对食物的味道发生的影响。清人《调鼎集·火》中说："桑柴火：煮物食之，主益人。又煮老鸭及肉等，能令极烂，能解一切毒，秽柴不宜作食。稻穗火：烹煮饭食，安人神魂到五脏六腑。麦穗火：煮饭食，主消渴润喉，利小便。松柴火：煮饭，壮筋骨，煮茶不宜。栎柴火：煮猪肉食之，不动风，煮鸡鸭鹅鱼腥等物烂。茅柴火：炊者饮食，主明目解毒。芦火、竹火：宜煎一切滋补药。炭火：宜煎茶，味美而不浊。糠火：砻糠火煮饮食，支地灶，可架二锅，南方人多用之，其费较柴火省半。惜春时糠内入虫，有伤物命。”是进一步认为不同的燃料适合烧煮不同的食物，而且这些食物会对人的身体发生特定影响。所以，陆羽所说的燃料，不只是炙茶所用，也是煮茶所用。

西晋末年杜育所作的《荈赋》中，已经注意到水对于茶的重要性，他说：“水则岷方之注，挹彼清流。”虽然仅仅指出了煮茶用水的取水位置，但也包含某些原则性的要求，即用江上游的清水。陆羽则说：“其水，山水上，江水中，井水下。”这是一个以水所处的地理位置为等级判断标准的取水原则。只是他并没有说明制定这一原则的理由，也没有说明水对茶的滋味的影响。陆羽还进一步说明了在这三个位置取水应注意的问题，“其山水，拣乳泉石池慢流者上，其瀑涌湍漱勿食之，久食令人有颈疾。又多别流于山谷者，澄浸不泄，自火天至霜郊以前，或潜龙畜毒于其间，饮者可决之，以流其恶，使新泉涓涓然，酌之。其江水取去人远者，井水取汲多者。”三种位置的水，共同的要求是流动性要好。在“六之饮”里，又说：“飞湍壅潦，非水也。”即流速过快和完全不流动的水不能用来煮茶。虽然这里依据的只是水的状态，但也不能说没有道理。陆树声《茶寮记》说：“井取汲多者，取多则水活，然须旋煮。久水宿贮者味减鲜冽。”苏轼《汲江煎茶》说：“活水还须活火烹。”在陆羽之后讨论煮茶用水的文章是张又新的《煎茶水记》，这是一篇有争议的文章，欧阳修《大明水记》认为“至张又新为《煎茶水记》始云：‘刘伯刍谓水之宜茶者有七等’。又载羽为李季卿论水，次第有二十种。今考二说，与羽《茶经》皆不合。”“如蛤蟆口水、西山瀑布、天台千丈瀑布，羽皆戒人勿食，食之生疾。其余江水居山水上，井水居江水上，皆与羽经相反，疑羽不当二说以自异。使诚羽说,何足信也。得非又新妄附益之耶?其述羽辨南零岸水,特怪甚妄也。水味有美恶而已,欲举天下之水,一二而次第之者,妄说也。”张又新在《煎茶水记》中,先记故刑部侍郎刘伯刍把天下宜茶之水七等,即把七个地方的水排出名次,又记陆羽为李季卿说宜茶之水二十种。欧阳修认为这两个排序都与陆羽评水原则不符,认定是张又新假托陆羽之名所作。指出把天下之水排出次序是不可能的。欧阳修的上述看法都是正确的,但这只是事情的一个方面,另一个方面是张又新的这种排序的评水方式对后世确实产生了深远的影响。晚唐陆龟蒙的《甫里先生传》说:“南阳张又新尝为《水说》,凡七等,其二曰惠山寺石泉,其三曰虎丘寺石井,其六曰吴松江,是三水距先生远不百里,高僧逸人时致之,以助其好。”张又新生卒年不详,只知道公元 813 年在世。陆龟蒙生年不详,卒于公元 881 年。估计两人相差只有几十岁。张又新所评之水已为上层社会所认同,赠送名水成为了高雅的时尚。欧阳修虽然认为张又新品水乃假托陆羽之名,在现实生活中却依然以名泉水赠人。“蔡君谟既为余书《集古录目序》刻石,其字尤精劲,为世所珍,余以鼠须栗尾笔、铜绿笔格、大小龙茶、惠山泉等为润笔。君谟大笑,以为太清而不俗。”

宋胡仔《苕溪渔隐丛话后集·南零水及惠泉》中说:“唐相李文饶好饮惠山泉,置驿以取水。有僧言长安昊天观井水,与惠山泉通,杂以他水十余缶试之,僧独指其二缶曰:‘此惠山泉水也。’文饶为罢水驿。”这种神奇的辨水能力仍然是《煎茶水记》的余绪。

乾隆《玉泉山天下第一泉记》说:“尝制银斗较之,京师玉泉之水，斗重一两；塞上伊逊之水，亦斗重一两；济南之珍珠泉，斗重一两二厘；扬子江金山泉，斗重一两三厘；则较之玉泉重二厘或三厘矣。至惠山、虎跑，则各重玉泉四厘；平山重六厘，清凉山、白河、虎丘及西山碧云寺，各重玉泉一分。”故把玉泉“定名天下第一泉。”乾隆这样做，是认为“辨水者恒于其质之轻重，分泉之高下焉。”其评水的方式虽然变了，但为天下名泉排序的做法却没有变。

至明末清初张岱的《闵老子茶》一文，张又新所记的神乎其技的辨水能力达到了顶峰。张岱喝了闵汶水泡的茶后，问：“水何水”，闵汶水答曰“惠泉。”张岱说：“莫绐余，惠泉走千里，水劳而圭角不动，何也?” 汶水曰：“不复敢隐。其取惠水，必淘井，静夜候新泉至，旋汲之，山石磊磊藉瓮底，舟非风则勿行，故水之生磊。即寻常惠水犹逊一头，况他水耶?”这种鉴赏能力已经近于传奇了。

总之，《煎茶水记》的评水方式已经形成了一个传统，其影响是很深远的。

摄影：李达

其实，继承了陆羽评水原则的是宋徽宗赵佶，虽然其意见与《茶经》略有不同。赵佶在《大观茶论·水》中说："水以清轻甘洁为美，轻甘乃水之自然，独为难得。古人第水虽曰中泠、惠山为上，然人相去之远近，似不常得，但当取山泉之清洁者。其次则井水之常汲者为可用。若江河之水，则鱼鳖之腥，泥泞之污，虽轻甘无取。"这是以水之质地为评水的标准的，较陆羽以水的位置次等优劣显然是进了一步。虽然认为江水河之水绝不可用略嫌极端，或许是因为宋人感觉更为细腻的原因吧。

2015 年 8 月 17 日于北京

《茶录》与《大观茶论》

茶兴于唐而盛于宋，这一点从茶著的数量上也可以看得出来。唐代真正的茶著，只有一部陆羽的《茶经》，宋代茶著完整保存下来的就有六部。其中比较重要的是蔡襄的《茶录》和赵佶的《大观茶论》。

蔡襄是"宋四家"之一，以书法闻名于世。苏轼在《东坡题跋》中说："独蔡君谟天资既高，积学深至，心手相应，变态无穷，遂为本朝第一。"蔡襄是福建人，曾出任过福建路转运使。茶在宋代与唐代明显的不同之一，是建茶被认为是最好的茶，受到了高度的重视和推崇。黄儒《品茶要录》云："说者常怪陆羽《茶经》不第建安之品，盖前此茶事未甚兴，灵芽真笋，往往委翳消腐，而人不知惜。自国初已来，士大夫沐浴膏泽，咏歌升平之日久矣。夫体势洒落，神观冲淡，惟兹茗饮为可喜。园林亦相与摘英夸异，制卷鬻新而趋时之好，故殊异绝之品始得出于蓁莽之间，而其名遂冠天下。"可以看出福建茶在当时人们心目中地位之高。皇室的御茶园——北苑就在建安。蔡襄曾管理北苑，并和丁谓前后接续，完成了茶史上著名的贡茶——龙凤团饼的制作，对于茶叶的加工制作是深谙其道的。《茶录》中对此只字未提，正如其在《进〈茶录〉序》中所说，“丁谓《茶图》，独论采造之本。至于烹试，曾未有闻。臣辄条数事，简而易明，勒成二篇，名曰《茶录》。伏惟清闲之宴，或赐观采”。《茶录》是专门写给皇帝（仁宗）看的。采造技术，丁谓已经写过了，所以蔡襄只写烹试。

《茶录》分为上篇“茶论”和下篇“器论”。“茶论”除了讲茶的色香味之外，主要是讲点茶的，类似于《茶经》的“五之煮”。“器论”讲贮茶点茶的器具，对应的是《茶经》的“四之器”。虽然比《茶经》少了八章，但其分类仍脱胎于《茶经》。

《茶经》已经专门讲到了茶的色香味。说“茶作白红之色”；“以重浊凝其下，精英浮其上”；“啜苦咽甘，茶也”。《茶录》则说“茶色贵白”，但也不是像面粉似的雪白，（事实上也不可能），而是“既已末之，黄白者受水昏重，青白者受水鲜明”。这一变化，很可能是由宋代茶叶加工技术的进步造成的。此外，也可能跟茶的产地不同有关。《茶经》中的“茶”，指称的主要是长江中下游出产的，《茶录》中的“茶”，说的则是建茶。关于茶的气味，蔡襄只说了一句“茶有真香”，意思是茶具有它本身特有的不可替代的香味，所以他反对“微以龙脑（即冰片，有清香）和膏，欲助其香”，和在点茶时加“珍果香草”。这和陆羽反对在茶中加葱、姜、枣、橘皮、茱萸、薄荷等东西的思想是一致的。并非常明确地指出，这样做的结果是“夺其真”。在陆羽所处的时代，茶刚从食物中分离出来成为饮料，在饮用形式上还保存着羹的痕迹。陆羽的贡献是使茶有了自己的品饮方式，成为完全独立的饮料。随着茶叶加工制作技术的提高，茶的香气和滋味也变得越来越优美，但这种优美又是比较清淡和微妙的，不经过长期的训练和仔细的品味是很容易忽略掉的，再加入别的味道，茶本身优美的味道就会被遮蔽或破坏。陆羽和蔡襄的看法，都表明了对茶本身的物质特性的理解的深入，也就是文明的进步。陆羽和蔡襄面临的问题，看上去相似，但性质却不同。一个是从传统里创造出一种新的形式，而这种形式能够瀹发茶的香气和滋味；一个是别人使用了新的方法，但却破坏了茶本来的优美，所以要加以反对。在历史的发展进程中，这两种情形都是经常出现的，并不仅限于茶。《茶录》还说："茶味主于甘滑。""甘"陆羽已经提到，"滑"则是蔡襄第一个提出的，这是一个重要的发现。因为即便是比较普通的茶，也会有或浓或淡的回甘，滑则只有好茶才有。虽然滑并不是味觉而是触觉，却是判定茶之优劣的标准之一。

与唐代相比，宋代喝茶一个明显的变化，是不再把茶末投入沸水中煮，而是放到碗里再注入开水，叫作点茶。为什么会出现这种变化，因为没有史料记载，现在还不得而知。蔡襄叙说其具体做法是"钞茶一钱七，先注汤调令极匀，又添注入，环回击拂。汤上盏可四分则止，视其面色鲜白，著盏无水痕为绝佳。"这也就自然地引起了茶具的变化。一个是碗要大而厚。《茶录》"茶盏"条说，"茶色白。宜黑盏，建安所造者，绀黑，纹如兔毫，其坯微厚，熁（音xié）之久热难冷，最为要用。"这里说的兔毫盏，是宋代最著名的茶碗，因釉下有细如兔毫的纵向线纹而得名。碗里注水后还要击拂，即用匙或筅在茶汤中旋转击打，产生很多白色的泡沫，泡沫的白和碗的黑互相映衬，在视觉上是更具有美感的。蔡襄选择黑色碗，看上去与陆羽选择的青色碗不同，但其内在标准仍是一致的，即与茶汤的颜色配合起来更加好看。向碗里注水，有一个水量控制的问题，所以要使用汤瓶。这是唐代茶具系列中所没有的。汤瓶原产于波斯，唐朝时中原地区开始仿制，用于沐浴，故又叫洗壶，宋代转为茶具。南宋审安老人《茶具图赞》里有图，名为"汤提点"。形状和我们今天的茶壶类似，鼓腹缩颈，肩颈处有弯曲的把，瓶嘴细而长。南宋刘松年的《茗市赌茶图》里的汤瓶，形状稍有不同，腹部鼓起之后又缩进去，再向上展开，之后才是又缩进去的更细和高的颈，口则像一只朝上放着的碗，和图赞里的撮口不同。

湯提點

《茶录》还提到了斗茶，在"点茶"条内。"汤上盏可四分则止，视其面色鲜白，著盏无水痕为绝佳。建安斗试以水痕先者为负，耐久者为胜，故较胜负之说，曰'相去一水、两水'。"

斗茶的参加者可能主要是制茶和卖茶的人。范仲淹《和章岷从事斗茶歌》云"北苑将期献天子，林下雄豪先斗美"，所指应为制茶的人。而刘松年《茗园赌茶图》，由画名就能知道画的是卖茶的人。对于他们来说，斗茶不是游戏，输赢与利益相关，所以"胜若登仙不可攀，输同降将无穷耻"。评判的标准，除《茶录》中所说的"以青白胜黄白"，"以水痕先者为负"外，还有"斗余味兮轻醍醐，斗余香兮薄兰芷"，较量的是茶的色香味和水等几项。

《茶录》的价值是描述了宋代的饮茶方式和相关器具，

并提出了判定优劣的标准。从中可以看出，宋代的饮茶较唐代更为精细，但同时也较少关于道的关注。

《大观茶论》的作者是赵佶，即宋徽宗。此文原名就叫《茶论》，因作于大观年间(公元 1107—1110 年)，后人名之为《大观茶论》。如果只是一般的文人，写出这样一部重要的茶著，是足以被人称道的。对于宋徽宗似乎该另当别论。作为皇帝，写这种与军国大事无关的东西，至少是不务正业。更何况他在任期间，京城被金人攻破，自己也成了俘虏，受尽侮辱而死，可见作为一个政治家是很不合格的。如果把他作为一个文人来看，则情况正好相反，仅书画方面的成就便少有人能及，而《大观茶论》更是宋代写得最好的一部。究其原因，是因为他既是皇帝又是文人，有文人的笔墨与趣味，同时又有政治家的眼光，这才是《大观茶论》非同一般的原因。

《大观茶论》共二十目，分别讨论茶的采摘、制作、烹点、色香味、藏焙(即茶在贮存过程中受潮后再次焙烤)、外焙(即官焙之外所制茶的优劣)，以及产地与制茶技术之间的关系等问题。

蔡襄生于 1012 年，卒于 1067 年。赵佶生于 1082 年，卒于 1135 年。赵佶晚于蔡襄整整七十年，从目次、内容都可以看出，《大观茶论》明显受到《茶录》的影响。

他们都讨论了点茶的用具，有些看法也是大体一致的。例如，蔡襄说“茶色白宜黑盏”，赵佶则说“盏色贵青黑”。蔡襄说“茶碾以银或铁为之”，赵佶则说“碾以银为上，熟铁次之”。关于茶的色香味，《大观茶论》与《茶录》的看法也大体相同。唯有茶味一项，赵佶提出“甘香重滑，为味之全”。把“重”作为口感中的重要一项有点奇怪，因为伴随滑的必然是口感上的轻，而不是重。在饮茶实践中我们也可以体会到，好茶的茶汤比单纯的水还要轻，轻才是好茶口感上的一个重要指标。以赵佶的精细不会犯这种错误，这很可能是个错字。

《大观茶论》涉及的范围比《茶录》广泛得多。《茶录》没有讨论茶的生产过程，《大观茶论》中这一部分则占了很大的篇幅。《茶录》没有提及饮茶用水，《大观茶论》则单设一目加以讨论，而且确有创见。陆羽是第一个评价饮茶用水的，认为“山水上，江水中，井水下”，其评价的标准是水所处的位置。赵佶则认为“水以清轻甘洁为美”，其评价标准是水的品质，显然比陆羽的看法更为深刻。据此，他反对饮茶用江河之水，认为江河之水有“鱼鳖之腥，泥泞之污，虽轻甘无取”。

通过与《茶录》对比，我们还可以看出从皇佑到大观约六十年间饮茶的多方面的变化。《茶录》中“环回击拂”使用的是金、银、铁制成的茶匙。《大观茶论》中则出现了竹制的茶筅。关于汤瓶，《茶录》只说“瓶要小者，易候汤，又点茶、注汤有准”。而《大观茶论》对汤瓶的要求则更精确，说“瓶宜金银，大小之制，惟所裁给。注汤利害，独瓶之口嘴而已。嘴之口欲大而宛直，则注汤力紧而不散。嘴之末欲圆小而峻削，则用汤有节而不滴沥”。这样的要求显然是在长期的点茶实践中总结出来的。而点茶本身，在《大观茶论》中也变得更加复杂，要求也更加细致。不仅注水要分成七次，而且每一次注水时对筅如何搅动都有不同的规定。如第一汤（即第一次注水）时，要求“妙于此者，量茶受汤，调如融胶，环注盏畔，勿使浸茶。势不欲猛，先须搅动茶膏，渐加击拂，手轻筅重，指绕腕旋，上下透彻如酵蘖之起面，疏星皎月，粲然而生，则茶面根本立矣”。第三汤，“多寡如前，击拂渐贵轻匀，周环旋复，表里洞彻，粟文蟹眼，泛结杂起，茶之色十已得六七”。第七汤，“以分轻清重浊，相稀稠得中，可欲则止”。这时“乳雾汹涌，溢盏而起，周回凝而不动，谓之咬盏，宜均其轻清乳合者饮之”。这要比《茶录》写的点茶复杂得多。这并不是因为蔡襄记得简单，赵佶记得复杂，而是从蔡襄到赵佶的六十多年里，点茶技术本身进步了。同时也说明，到了赵佶的时代，人们对如何点茶才能更好地瀹发茶性有了更深入的了解。

赵佶所记的点茶，精细而神妙，如果不是经过长期的实践，仅靠观看是写不出来的。而赵佶本人确实是点茶高手。蔡京在《保和殿曲宴记》中记载，宣和元年九月十二日，赵佶召蔡京等十余近臣宴于保和殿，后“至全真阁，上御手注汤，擘出乳花盈面。臣等惶恐前曰：‘陛下略君臣夷等，为臣下烹调，震惕惶怖，岂敢啜之？’上曰：‘可。’”宋徽宗虽然只说了一个字，但语气中透露出得意，可见对自己的点茶水平是颇为自负的。皇帝为臣下点茶，在当时是很不成体统的。大概宋徽宗是有意在近臣面前显示一下自己的点茶技艺。

一望可知，赵佶所写的点茶是高度艺术化了的，他把注水分为七次，又详细规定注水的量与方式，筅击拂的具体要求，显然是受到《茶经·五之煮》的影响，试图为点茶制定一个规范的程序。但这也不过是一个精确的技术规范而已，并没有像陆羽那样，在技术要求中隐含有思想的内容。

(宋)刘松年　撵茶图

《大观茶论》主要的贡献,是阐明了饮茶与时代环境之间的关系,这是此前从未有过的。文中说:

谷粟之于饥,丝枲之于寒,虽庸人孺子皆知常须而日用,不以时岁之舒迫而可以兴废也。至若茶之为物,擅瓯闽之秀气,钟山川之灵禀,祛襟涤滞,致清导和,则非庸人孺子可得而知矣。冲澹简洁,韵高致静,则非遑遽之时而好尚矣……时或遑遽,人怀劳悴,则向所谓常须而日用,犹且汲汲营求,惟恐不获,饮茶何暇议哉!世既累洽,人恬物熙,则常须而日用者,因而厌饫狼籍。而天下之士,厉志清白,兢为闲暇修索之玩,莫不碎玉锵金,啜英咀华。较筐笥之精,争鉴裁之别,虽下士于此时,不以蓄茶为羞,可谓盛世之清尚也。

赵佶在这里把茶与满足人生存基本需求的粮食和布匹区分开来,认为茶的作用是满足人的精神需求,即所谓"祛襟涤滞"、"致清导和"、"冲澹简洁"、"韵高致静"、"厉志清白”。唐斐汶在《茶述》就已说过，茶“其性精清，其味浩洁，其用涤烦，其功致和”，认为茶有修养人格，消除烦恼的功效。赵佶的概括则更加全面，总体上仍然认为茶具有个人修养的功效，又具体表现为达致清静、冲淡、平和、简洁、高雅的生命境界的作用。这其实是赵佶对茶的文化定位，即便是现在看，这一定位也是比较准确的。他使茶这样一种饮料与中国人的精神生活的关联更加清晰了，是一个重要的贡献。

茶的作用既然不是满足人的生存的基本需求，就只能在生活略有余裕，人生状态比较从容时才能发挥出其对于人内心世界的调节、舒解和滋润的功效，所以茶的流行就只能在太平盛世。在社会动荡，或者战争与饥荒年代，人们是顾不上喝茶的。

鲁迅曾写过《喝茶》一文，文中说：“我想，假使是一个使用筋力的工人，在喉干欲裂的时候，那么，即使给他龙井芽茶，珠兰窨片，恐怕他喝起来也未必觉得和热水有什么大区别罢。”“我们试将享清福，抱秋心的雅人，和破衣粗食的粗人一比较就明白究竟是谁活得下去。喝过茶，望着秋天，我于是想：不识好茶，没有秋思，倒也罢了。”从表面看来，鲁迅似乎是在反对喝茶。然而鲁迅本人就喝茶，日记中不止一处记有曾去茶馆喝茶。仅从此文中他对茶的描写，就能看出他是很会喝茶，且深知其味的。他之所以表示对喝茶的不以为然，是因为当时中国经济凋敝，积贫积弱，起码的温饱都成问题，“饮茶何暇议哉”？鲁迅的这篇文章，是针对其弟周作人 1924 年所写的同名散文的。周作人写喝茶，其实是提倡闲适。鲁迅的《喝茶》写于 1933

年，在他看来，无论是 1924 年，还是十年之后的 1933 年，都不是提倡喝茶或曰闲适的时代，并不是简单地反对喝茶。注重喝茶与时代环境的关系，在这一点上，鲁迅与赵佶的思想是相近的。

《大观茶论》对茶文化的影响深远，但其规定的点茶程式却没有在中国沿续下来，反倒是日本因在宋代从中国学去了点茶，并发展成日本茶道。虽然无论从形式到思想都加入了日本自己的东西，但其基础却无疑是源自《大观茶论》的。

2014 年 3 月 11 日于三亚波波利海岸

二稿

茶之路

周庄茶趣

江南多水乡，周庄则被称为水乡之冠。画家吴冠中先生曾为之题辞："黄山集中国山川之美，周庄集中国水乡之美。"这绝非溢美之辞。真到了周庄，你会发现，整个小镇就是一件艺术品。

白色的民居多依水而建，形制简单却能显出精巧，流水平缓，一如这小镇的生活节奏。乘一只小船悠然前行，如在一幅十里长卷之中，扑面而来的是古老的水乡宁静而平和的气息。

既为水乡，自然多桥，于是桥也成了这里的风景。周庄的桥姿态各异，且大多年代久远。其中最著名的是双桥，当地人称为"钥匙桥"，因为两桥相连，像一把古代的钥匙。

阿婆茶为周庄所特有，以"阿婆茶"招徕顾客的茶馆就不止一家。其实，顾名思义，阿婆茶是中老年妇女们喝的。

喝阿婆茶是周庄的一种民间习俗。长日无事，阿婆们便聚在一起喝茶闲谈。话题无非是柴米油盐，家长里短。如有婆媳失和，邻里争执之类的矛盾，阿婆们也会在喝茶时评断是非的。

与别处的民间茶俗一样，喝阿婆茶也要有茶点，桌上的青饼、花生、笋干、萝卜干，都是农家寻常的吃食。也可以用腌菜尖、酱瓜等咸菜佐茶。江南民间以咸菜佐茶的不止一处，桃源擂茶的茶点里就有藠头。

据说，阿婆茶有几百年的历史了。

喜爱民间趣味的台湾女作家三毛，也十分欣赏阿婆茶，曾说要再来周庄喝一回，然而终于没有来。周庄人记住了这份欣赏，于是便有了三毛茶馆。

三毛茶馆很出名，因为它是一家真正的茶馆。室内桌椅简单，陈设朴素，但这里的字画却使它真正有了茶馆的气息，开茶馆的是一位文人。三毛茶馆的经营之道，正在于它摒弃了市井气，而坚持茶所特有的文化品位。

以一间小小的茶馆，勾起人们对往事的回忆，延续着一种民间传统，老板营造的正是与茶味相偕的悠远而淡然的气息。

三毛说得好："一盏清茗、一洗尘心。"

如果你无从领略喝茶的这种境界，那么就请你喝一杯好茶吧，在水乡周庄，在三毛茶馆。

窗外正有一只小船悠然划过，夹岸的垂柳也绿得正好。

周庄水韵

访茶婺源

从高处俯瞰，婺源城被群山环抱，兴江河恰好从城边经过，然后拐了个弯，流往鄱阳湖去了。

婺源的位置在江西与浙江、安徽两省的交界处，因安徽的屯绿、浙江的遂绿、江西的婺绿都产在这一块虽属三省却彼此相连的地方，搞茶的人就把这块地方叫做中国绿茶生产的金三角。我们平时虽也喝茶，对这种叫法却是不大知道的。

婺源产茶历史颇久，唐朝时便很有些名气了。杨晔《膳夫经手录》中曾说：

> 婺源方茶，制置精好，不杂木叶，自梁、宋、幽、并间，人皆尚之，赋税所入，商贾所赍，数千里不绝于道路。其先春含膏亦在顾渚茶品之亚列。

顾渚紫笋在唐朝是贡茶，婺源茶虽较顾渚所产略差一点，也还是较好的茶。只是唐代所产多为蒸青绿茶，杨晔所述"婺源方茶"，推想起来也应该是蒸青，只不过饼是方的而已。现在所说的婺绿则是炒青绿茶。其下有婺源茗眉、婺源墨菊等许多名目，大鄣山茶则是前些年才新出的。

从婺源城往大鄣山的路上，经过一个叫清华镇的地方。镇外河上横跨着一座廊桥，是宋代的建筑。廊桥即桥而有顶子的。这桥名叫彩虹桥，用的是唐人“两水夹明镜，双桥落彩虹”的诗意。过去，这桥头曾长年备茶，免费供过往行人饮用，是当地的所谓方婆遗风。据说，有一位方姓老太太，在浙岭烧茶水免费供给过往行人。她死后，人们感念她的恩德，经过她的坟时便放一块石头，日久就成了一座大墓。许次纾有《题浙岭堆婆石》诗云：“乃知一饮一滴水，恩至久远不可磨。”

许次纾是明朝人，写过《茶疏》，是研究茶文化的重要文献。可见方婆是几百年前的人物了。婺源人在路旁桥头设茶招待过往行人乃是一种古风。只可惜现在这种古风已经没有了。

大鄣山在婺源北部，山很高，多云雾，植被茂盛，产好茶的大多是这样地方。看看这里的自然环境，就会觉得此处产的茶应该是不错的。

没想到朱熹也是婺源人。我的书桌上有一个笔筒，是家人从白鹿洞书院买来的，上面印的正是朱子家训，说的也不过是“君之所贵者，仁也。臣之所贵者，忠也。父之所贵者，慈也。子之所贵者，孝也”之类的话，以及“以直报怨”，“随遇而安”等等。我觉得他是个方正古板的人。看了他的茶诗茶联，发现朱熹还是挺有生活情趣的。

例如，“客来莫嫌茶当酒，山居偏与竹为邻”，“茗饮瀹甘寒，抖擞神气增。顿觉尘虑空，豁然悦心目”，都写得很有个性，也很有生气。有意思的是《朱子语类·杂说》里有一段话，曰：

“物之甘者，吃过而酸，苦者吃过却甘。茶本苦物，吃过却甘。问：‘此理何如？’曰：‘也是一个道理，如始于忧勤，终于逸乐，理而后和。’盖理本天下至严，行之各得其分，则至和。”

这大约是师生之间的一段对话，从教师的角度看，朱熹回答得很机智。看来，跟朱熹读书也是一件挺有意思的事。

峨眉茶话

四川的集市，正如四川人的生活一样，具有一种独特的，浓郁而热烈的气息。在一个距峨眉山不远的小镇上，我们就见到了一个这样的集市。

这里出售的货物，很多是别处见不到的。一大片的竹器，颜色嫩黄，望去会令人产生温暖的思乡之情。一种造型别致的刀，主要是卖给藏族同胞的。久违了的油灯，使人联想到偏远的山乡古老的生活。碧绿的炸豌豆，散发着真正的清香。一个八十七岁的老人，买了一背篓活鸡，说是要赶回家去操办酒席。也许是孙子的喜宴吧。

由小镇进入峨眉市区，漫步于宽阔的广场，大型城市雕塑和巨幅的广告牌之间，觉得若有所失，似乎缺少了某种韵味。无意间走进一条老街，房屋色泽黯旧，屋顶的炊烟正在薄暮时分的天空飘散。老人们闲坐在门前漫谈，小店的柜台上放着一只酒坛子。不知为什么，这只酒坛子令我十分感动。天黑了，路灯照亮了街树，和街道两旁的人家。

峨眉市之所以容易引发思古之幽情，在于她那无与伦比的背景——峨眉山，一座风景的、宗教的、文化的名山，也是一座著名的茶山。

李白《登峨眉山》诗云：

> 蜀国多仙山，峨眉邈难匹。周流试登览，绝怪安可悉？青冥倚天开，彩错疑画出。泠然紫霞赏，果得锦囊术。雪间吟琼箫，石山弄宝瑟。平生有微尚，欢笑自此毕。烟容如在颜，尘累忽相失。倘逢骑羊子，携手凌白日。

峨眉山不只风景秀丽，更兼以寺庙众多，是全国四大佛教名山之一。寺庙中，以建于晋代的万年寺历史最为悠久。峨眉山最早的茶树就种在万年寺内。据说，寺中原有一棵数丈高的贡茶树，不知何时被人伐去。唐代即有人称赞万年寺的茶好，有语云："峨眉多药草，茶尤好，异于天下。今黑水寺后绝顶产一种茶，味佳，而色二年白，一年绿，间出有常。"至宋代，陆游也说峨眉山的茶好，"雪芽近自峨眉得，不减红囊顾渚春。"顾渚紫笋唐朝即入贡，峨眉所产可与之相比，味道之好可以想见。

峨眉茶好，此前似无专名。1964年，陈毅登峨眉山，至万年寺小憩。僧人献茶，元帅问，这叫什么茶？僧人说，寺里自己产的，并没有名字。元帅是诗人，请赐名。陈毅见茶色翠绿，遂道，竹叶青！竹叶青！

峨眉茶遂以竹叶青为名，而且声誉日隆，成为全国名茶，还在国际食品博览会上得过金奖。陈毅元帅为之命名，固然是竹叶青深受欢迎的原因之一，更主要的，还是茶好。查《茶叶评审指南》，茶叶外形上等者有嫩绿、绿翠两

类，竹叶青当属绿翠；叶底上等者有嫩绿、明亮、显芽三条，却无一与竹叶青相合，勉强要说，也还是绿翠。至于滋味、香气、汤色则只有一个清字，虽然清在茶叶评审中并不是一个最高的标准，但竹叶青清得纯粹、明净、透澈，至为难得。

汪曾祺曾上过峨眉山，有诗云：乱石丛中泉择路，悬崖脚底豆开花。红衣孺子牵黄犊，白发翁婆卖春茶。

峨眉茶店确实多，而且多数售卖竹叶青。

山间的采茶人　摄影：李达

德清记茶

在浙江，有一个小小的县城，叫德清。县境之内，茶馆遍布城乡，有一百余家之多。小小的一个钟管镇，只有千余人，就有十二家茶馆，令人惊叹不止。较之以茶馆多而著称的四川，恐怕也有过之而无不及。

德清是一个有着深厚茶文化积淀的地方。在这里，有一座莫干山，茶圣陆羽曾到过此地。在这座山里，有着竹叶一般嫩绿的莫干黄芽，它曾是与顾渚紫笋齐名的一代名茶。只是时运不济，不知为何，竟消失在这一片青山之中。直到五十年代，茶学大师庄晚芳先生才在莫干山下又见到莫干黄芽，只是卖茶的农妇不肯说出茶的出处，此后便又踪迹全无。及至八十年代，经庄晚芳先生倡议，莫干黄芽方又重新生产，但是产量极低，仍是“藏在深闺人未识”。

茶叶可以重生，但陆羽在此流连的踪迹却已不可寻觅，唯有满山的林木依然青翠，遍地的修篁依旧婀娜，而套种于竹林之间的茶园与那饮茶长寿的故事，却千年不绝，代代相传。

在这里，有着孟郊的故居。孟郊以诗名于世，其实他与陆羽过从甚密，而且是一位品茗高手。他的诗作《凭周况先辈于朝贤乞茶》就足以说明他对茶有极高的鉴赏水平。在故居，人们找到了一个陶制的井圈。那么，孟郊家中的这口古井是否曾被陆羽品尝过呢？也许，一代茶圣真的就在这里与诗人饮茶论道。虽然这只是我们的猜想，但已足以使这东野古井变得意味深长。

书法家赵孟頫葬在德清，因为其夫人管道升就是德清人。赵孟頫为后人留下了一副《斗茶图》，以致数百年后，我们仍可看到元代斗茶的情形，德清的茶香就这样一直保留了下来，芬芳千年。

赵孟頫　斗茶图

赵孟頫的《斗茶图》是茶画中的传神之作，画面上四茶贩在树荫下作“茗战”（斗茶）。人人身边备有茶炉、茶壶、茶碗和茶盏等饮茶用具，轻便的挑担有圆有方，随时随地可烹茶比试。左前一人手持茶杯、一手提茶桶，意态自若，其身后一人手持一杯，一手提壶。作将壶中茶水倾入杯中之态，另两人站立在一旁注视。斗茶者把自制的茶叶拿出来比试，展现了宋代民间茶叶买卖和斗茶的情景不知时光过去了多少年，茶香依旧飘扬。夜幕已经降临，在钟管镇上的这家茶馆正是生意兴隆的时候。走进这里，人们能够更充分地领略到民间饮茶那种独特的生活气息。茶具是粗糙的，茶叶是低档的，陈设是简朴的，茶客多为镇上的普通劳动者，但那种气氛和情趣，却是大城市精致的茶艺馆中所找不到的。有人在兀然独坐，也有人在高谈阔论，弥漫其间的是他们共有的朴素，正与茶馆的环境相合。在这里，无所谓幽静，也无所谓清高。历代文人所赋予茶的那些品格，都被底层劳动者简单而自然的生活趣味所取代，饮茶只是他们辛劳生活的一个自然组成部分。

饿了的茶客，也可以在茶馆里叫一碗面吃。老板自然也成了厨子。炒锅与茶壶，饭香与茶香，在这里并不显得格格不入，而是自然得体。这不由让人想起周作人对浙江人生活的概括，简单中有真味。

武阳买茶

武阳，今天的双江镇，是历史上最早有记载的茶叶交易市场。2000年前王褒的《僮约》，为我们留下了“武阳买茶”的记录。

两千多年前的汉代。当时著名的文学家王褒到成都看望亡友的遗孀杨惠。仆人便了对女主人热情款待王褒表示不满，王褒一怒之下从杨惠手里买下了便了，并写下一份要求极为苛刻的“工作守则”，这便是茶学史上的重要文献《僮约》：“奴当从百役使，不得有二言。晨起早扫，食了洗涤，……烹茶尽具，……武阳买茶……。”

“烹茶尽具”，说明当时茶已成为经常性的饮料，而“武阳买茶”则表明当时已经有了专门的茶叶市场，而且这是历史上记载最早的茶叶市场。

武阳，在两千年之前声名显赫，繁华如织。想当初成都及川西北部分地区下行出川的茶叶于此汇合，顺岷江东下，是何等的繁荣兴旺，当年货如山积，商贾云集。

如今，双江镇依然悄然伫立在江中，薄雾笼罩着江面，江面上只留一只孤零零的小船。

站在高处，你会看见有两条江在这里汇合。它们一条叫做南江，一条叫做府河，在这里平静地融为一体之后，便荡荡洄洄地奔向了滚滚长江。

可以想象，在公路运输极不发达的时候，这条天然水路是何等重要和繁忙，而双江镇便是这水上通道的重要码头。

随着水上运输的凋零，作为码头和著名茶叶集散地的双江镇成为了历史，堆积如山的茶叶不见了，穿梭往来的船只消失了。就像一位历尽了繁华的美人走进了平常人的日子，如今，这里只是一个普通的四川小镇，宁静而朴素，甚至显得有点冷清。但是，在它那些不起眼的角落里，你仍然能找到昔日双江镇的若干痕迹。

虽然四川人素以吃苦耐劳著称，但是连女人也去当搬运工，还是让人感到有点意外。这足以说明过去双江镇的货运业务是何等繁忙。

昔日的繁荣逝去得并不遥远。这里应该还有更多历史的见证。我们找到了一位老人的仓库。偌大的房子，显得有点空旷，代人储物的生意的清淡可想而知。

或许仅仅是出于习惯，这位老人还在顽固地坚持着这古老同时也日趋冷落的职业，也许再过几年，双江镇就再也没有代人存放物品的地方了。

我们应该感谢这位老人，因为他保留了一点双江镇的过去时日。

当然不会仅仅是这些。无论岁月怎样改变着世界，过去的一切总不会彻底湮灭。

桥上的茶馆已经荡然无存，眼前只有空荡荡的大桥和大桥下静静流淌的江水。但是我们仿佛听见了那些茶馆里的人声鼎沸，看见了那些出入惊涛骇浪的水手和那些精明的商人与粗豪的船主们，看见了江面上林立的帆樯。然而这一切都是想象，眼前只有一只摆渡的小船，在慢慢驶过江面。

然而，我们站在这里，仿佛仍能清晰地听到那历史的回声，如深沉而豪放的船工号子，由远及近……

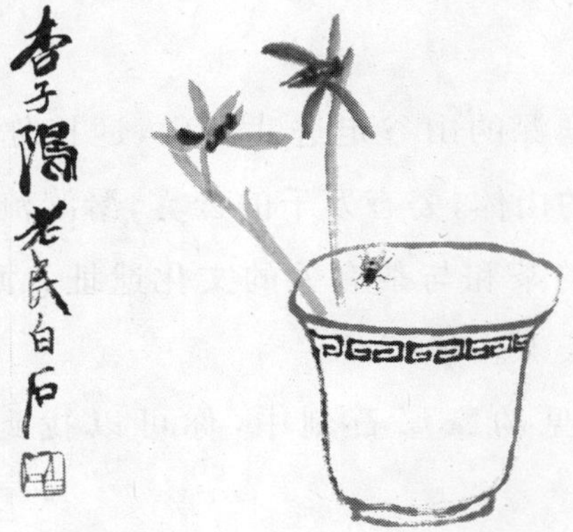

兰草蜜蜂　齐白石

武夷访茶

当你沿着幽深的山谷走进武夷山，迎接你的，不仅有那些巨石结成的山体，姿态万千的云雾，潺潺流淌的小溪，还有无所不在的茶和与茶有关的文化遗址。武夷是一座真正意义上的茶山。

在随处可见的摩崖石刻中，你可以找到范仲淹的诗句：

年年春自东南来，建溪水暖冰微开。
溪边奇茗冠天下，武夷仙人自古栽。

找到许次纾对武夷茶的赞美：江南之茶，唐人首称阳羡，宋人最重建州。于今贡茶，两地独多。阳羡仅有其名，建茶亦非最上，惟有武夷雨前最胜。

仿佛是为了证实这诗文的推崇，身旁的茶园便尽情地展示着武夷的诸多名枞。

置身于武夷山中，你会无师自通地懂得了岩茶的真正含义。平原上一望无际的大片茶园，或者层层叠叠覆盖整个山坡的梯田茶园，这里是见不到的。一小块平地上的几十棵茶树，或者岩凹、石缝中的几棵茶树，便是武夷茶的出产之处了。也许正因为如此，武夷茶才拥有众多的品类和无可替代的品质。

最著名的几棵大红袍，便长在高高崖壁的一小块岩凹里，你简直不相信那一点泥土怎么能滋养它们。然而，他们很茂盛，它们的故事一直被传说。

同样拥有一个神奇疗效传说的，是这色泽明丽的白鸡冠。它娇嫩的鹅黄像是茶树上一层凝固了的阳光。它们生长在元朝的御茶园里，千百年来，园里的这眼古井一直用井水的升降，提示着人们采茶季节的开始和结束。

当然，元朝的皇帝并没有喝到武夷岩茶。武夷山人创造的乌龙茶直到明朝才出现。它那被郑重地写进茶史的独特的加工工艺，为四大名枞：大红袍、铁罗汉、水金龟、白鸡冠，还有肉桂、水仙、毛蟹等等不胜枚举的武夷茶树品种，找到了一个脱颖而出的途径。

是的，武夷岩茶诸多名品之间存在着微妙而重要的区别。它们考验着饮者的鉴赏能力，就像武夷山多姿多彩的风景，考验着旅游者的审美能力一样。

沿着水流清澈的九曲溪乘竹筏漂流，穿过了武夷山的危岩水峦之间，穿行于两岸如画的风景之间，时或闪现的几棵茶树，崖壁上清晰可见的石刻，仍然在继续诉说茶的故事。

即便是来到这游人稀少的山前，你也仍会有新的发现，那两条曲折蜿蜒直达山顶的长廊下，遮盖着两条宋代官窑的遗址，这里曾烧制出茶具史上最著名的“兔毫盏。”

窑床里，未完成的器皿整齐地排列着，昔日取土的刨痕仍清晰可见，好像昨天还在生产。

武夷山，你到底收藏了多少茶的故事？以致当人们啜饮武夷岩茶的时候，那清香与醇厚之间竟有着如此丰富的意味与诉说不尽的往事。

摄影：李达

三癸亭畔

在湖州，随处可以见到这样的山。山势并不险峻，圆隆的山峰连绵不绝地涌起，大多被树木与竹林覆盖着，使得山体显得更加柔和。即便是在有雾的天气里，错落山间的那些白色民居，也十分醒目地显出静谧而清新的格调，宛如一幅幅的山乡风景画。

作为一个茶人，在湖州的山间小路上漫步，心中会升起许多感慨与联想，也许你真的是走在陆羽走过的路上。为了考察茶叶，他几乎走遍了湖州的每一座山，到处都留下了他的足迹。自从公元 760 年来到此地，陆羽在这里生活了三十多年，并在这里逝去。陆羽的墓是前些年重建的，原址已无法确认，人们只是根据颜真卿所作碑文中有与皎然塔“隔谷相望”一句，将墓址定在这里。

皎然是陆羽最重要的朋友，他的诗集里留下了许多首与陆羽交往的诗篇。其中《九日与陆处士羽饮茶》是这样写的：

九日山僧院，东篱菊也黄。
俗人多泛酒，谁解助茶香。

在大唐盛世，茶还没有像宋朝那样得到普遍欣赏，陆羽的研究工作是颇为寂寞的。皎然的理解与支持，一定会让他感到安慰和鼓舞，特别是只身一人远赴各地考察的时候。陆羽一共去过三十二个州郡的产茶区。

为了纪念陆羽和皎然的友谊，人们在皎然灵塔上刻下了孟郊的诗句，《送陆畅归湖州因凭题故人皎然塔陆羽坟》。

陆羽对于湖州的直接贡献，是发现了名茶顾渚紫笋。据《嘉泰吴兴志》记载：

“前此故御史大夫李栖筠实典是邦，山僧有献佳茗者，会客尝之。野人陆羽以为芳香甘辣冠于他境，可荐于上。”

经陆羽的推荐，顾渚紫笋成为最好的贡茶，这里也建立了我国第一座贡茶院。

在研究茶的同时，陆羽也研究了煮茶用水，他的看法今天还在被人们借鉴。与顾渚紫笋一道送往长安的金沙泉水，也是经过陆羽品鉴的。陆羽当时的遗迹多已消失，这泉水却依旧汩汩流淌，清澈甘冽一如往昔。

前些年人们还重建了三癸亭，这是唯一能找到残存遗迹的建筑，因此，地点是确凿无疑的。此亭是陆羽亲自主持修建的，资金则来自湖州刺史颜真卿。这位书法大家主持编纂了一部大型类书《韵海镜源》，陆羽是重要的参与者。由此可以看出陆羽在《茶经》以外的学识。

如果没有陆羽，茶在中国社会怎样发展是无法预料的。他在湖州完成的《茶经》，不仅是第一部系统的茶学著作，而且把茶由单纯的饮料变成了润泽心灵的东西，从而使饮茶成为一门艺术。《茶经》划时代的意义和高标独立的历史地位，产生了世界性的影响，被译成四十多种文字出版。陆羽不仅是中国的茶圣，也是各国茶人敬仰的先祖。

以一部著作为一门生活的艺术奠定了基石的陆羽，早已化作了泥土，与湖州的群山融为一体。而他的灵魂，也许正陶醉于茶艺连绵不绝的繁衍。在风中飒飒作响的茶园，大概正是这位茶圣欣然的笑声吧。

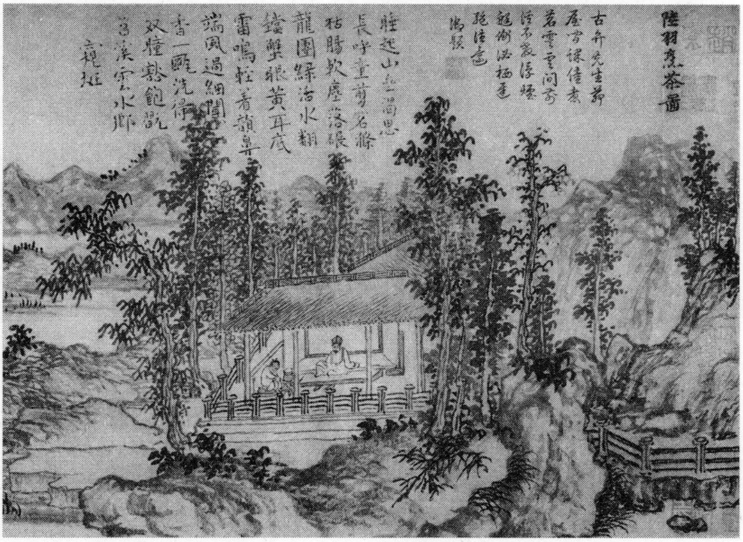

（元末明初）赵原　陆羽烹茶图（局部）

文君茶馆

从成都向西南方向走，不到百公里便是古城邛崃。走进邛崃县城，随处可见的是与卓文君有关的各种纪念性标志，西汉文学家司马相如和邛崃才女卓文君的那段浪漫的爱情故事，千百年来不仅是著名的文坛佳话，也是邛崃人的自豪与骄傲。于是邛崃有文君故里牌楼、有文君街，还有文君公园里有一口据说是卓文君用过的井。后人名之为“文君井”。

这口井井口不过二尺，井底却达丈余，而且水极清冽。我们只知道“文君当垆”卖的是酒，当地人却说卓文君当年也卖茶。

同为四川人的郭沫若为文君井题联：

> 文君当垆时，相如涤器处，反抗封建是前证，佳话传千古。
>
> 会当一凭吊，酌分井中水，用以烹茶涤尘思，清逸谅无比。

连郭沫若尚且如此说，于是文君井畔有了茶馆。

四川人爱坐茶馆是出了名的，自古就有“天下茶馆数四川，四川茶馆数成都”的说法。而此处的文君茶馆更是别具风味，不仅水汲自汉代古井，且有当垆亭、绿漪池、琴台等景致，再加古今文人墨客撰写的诗词楹联，把人文景观与饮茶习俗融为一体，实在是喝茶的难得地方。

坐茶馆的真正乐趣在于充分地享受闲情，而四川人恰恰是最会领略这种生活乐趣的，单是这种看似简陋的竹椅就比别处茶馆的木椅舒服得多，半躺半坐，靠上去就会感到说不出的悠闲。三件一套的盖碗在别处也可以看到，其实也是四川人的创造。

说到茶具，不能不看看邛崃的另一处名胜“邛窑遗址”。邛窑为我国南北朝至宋著名的民间瓷窑，在邛崃县境内有多处遗址发现，其规模最大的就是现为全国文物保护单位的会邡堂古瓷窑址。在这里的地下的发掘中，找到了茶具。

虽然没有四川人所创制的茶船，但在一位古瓷收藏家的藏品中，却有一件更富有历史意义的茶具——一把时间并不太久的“红军壶”。这把壶没有壶盖，是从壶底的一个孔里加水，倒过来以后水却不会流出来，这设计真是奇巧。

这把完全有资格进中国革命博物馆的茶壶，让人们想起了纷飞的战火，艰苦的征程，拼死的搏杀和倒下的生命。它不仅为邛崃的茶文化增添了最富异彩的一笔，也让人们想到，它和今天坐在茶馆里怡然自得地品茗的人们有着某种联系。

已经退了休的老人们，安闲地坐在茶馆里，坐在冬天的太阳下，或闭目养神，或随意闲谈，间或端起茶杯，品啜一口香茶，就像在品尝他们安适的晚年，茶馆还保存着一些古风，茶价十分便宜，如果自带茶叶，给不给水钱都由客人自便。

此处最好的对联是这样写的：

香井春茶饮一盏可消尘虑，
画廊修竹憩片刻顿觉阴凉。

日高人渴漫思茶　摄影：李达

屯溪老街

在屯溪，至今还有一条老街，街门的上方就赫然写着“老街”两个大字。匾虽然是新的，房屋却都是老式的徽州建筑：高出屋脊且呈梯形的山墙，木楼上繁富而精细的雕刻，黑瓦白墙的色调，以及石板铺就的街道，处处都在证明着老街的货真价实。个别的门面做了一点现代化的改造，但老街的古香古色仍是掩饰不住的。

说到屯溪，自然会让人想到屯绿。其实屯绿并不限于屯溪所产，其周边的所谓徽州六县，以及与安徽交界的浙西、赣北绿茶，旧时都在屯溪集散，故名曰屯溪，是从清代开始的出口绿茶的大宗，在国际市场上非常有名。《清史稿》中，屯溪被称作“茶务都会”，不难猜想当年此地的茶叶交易是何等热闹。

如今老街两侧多为店铺，出售当地各种土特产，其中尤以茶店居多。不知这里过去是否就是屯溪的一个茶叶市场。虽然街上有几家的招牌，一望而知是老字号，如“同德仁”“宁受奉”“日月楼”等，却不知其原本是否为茶叶店，不过，现在老街的茶叶店仍然是很有看头的。

安徽是产茶大省，黄山市所辖各区县更是出产名茶最多的地方。徐霞客曾说:“五岳归来不看山,黄山归来不看岳。”在江南,有好山必有好茶。黄山名茶多当在情理之中。老街的茶叶店铺里就出售黄山乃至安徽所产的各种茶叶,除著名的黄山毛峰、太平猴魁、祁门红茶等之外,更多的则是闻所未闻的;至于它们之间的区别更无法说清。古人主张“读万卷书,行万里路”,是有道理的,坐在家里看茶书,有很多茶是没法知道的。

有一家茶店挂着“放心茶”的幌子,大概卖的是有机茶。现在绿色食品越来越受欢迎,有机茶也变得很热销。

老街上的茶店里,卖一些非常特殊的茶。有的像花,有的成球,有的像一锭元宝,有的是一块茶饼,虽说紧压成形,却还是绿茶,是将绿茶制好后加工而成的。冲泡出来就更有意思了,茶球绽开,原先裹在里面的花突然浮起悬在杯中。他们还有“雪莲吐梅”“锦上添花”“花蕊牡丹”等等好名目。当地人统称之为工艺茶。这种茶既保留了绿茶的原味,又具有观赏性,不失为一个聪明的设计。大概是安徽绿茶太多了,人们才想出这么个办法促销。

老街上游人不少,本地人外地人都有。真到了这里,也未必一定买茶,看看那些古旧的建筑,观赏一下柜台上的茶叶,也是一种很好的体验,这里毕竟是屯溪,是屯绿的故乡。

安徽黄山市屯溪老街的茶楼

饮在云南之一

饮茶方式的不同，看上去似乎只是生活习惯的不同，其实这寻常的生活细节里，却深蕴着不同民族的历史传统、文化特色，甚至他们对茶的态度。

在云南饮茶，你们品尝的几乎就是一部人类利用茶的历史。

居住于高原之上的纳西族，日常喝的是盐巴茶，民谚中有“早茶一盅，一天威风；午茶一盅，劳动轻松；晚茶一盅，提神去病；一日三盅，雷打不动”之说。在茶里加盐，说明这种饮茶方式已经足够古老的了，陆羽在《茶经》中反对在茶中加任何东西，唯独保留了盐，云南作为茶叶的原产地，在茶中加盐的习惯可能要比《茶经》更早。

更加与众不同的是龙虎斗，这种纳西族特有的品饮方式，是要在茶中加酒。据说喝一杯龙虎斗可以治疗感冒。那么，这该是茶的药用习俗的遗留。

在喝清茶的汉族人看起来，茶与酒是难以相容的两种饮料，茶使人清醒，酒让人沉醉，茶性平和，而酒性猛烈，这种对茶与酒的品性的分野，在纳西人那里是不存在的。

其实，云南各少数民族对茶的态度都是亲昵而随便的。当布朗族的乡亲们围坐在云南少数民族生活方式象征的火塘边时，茶就成为他们之间的交流媒介。问题在于，茶在这里并没有被赋予那种超逸、脱俗的意味，一杯茶的冲泡首先是从翻炒青叶开始的，就像我们家里来了客人炒一把瓜子一样。在乡亲们的随意闲谈间，刚刚采回的青叶变成了茶。

一种粗糙黑陶的烤茶罐，是云南各少数民族共同拥有的特殊茶具，干茶冲泡前要在火上烘烤，使之产生一种焦糊味，这种制茶方法起于何时已无可查考，我们只能猜测，它可能是伴随着火塘而产生的。与黑陶罐相映成趣的是吃茶的时候的粗瓷碗，此时此刻，只有用这种茶具，才能喝出茶的最原始的土俗气味。这茶味没有那么优雅和高贵，但它的苦涩中却也有浓郁的来自大自然的气息。

夜雨正急，这火塘与茶香便伴着布朗人度过了无数这样清冷的夜晚。

基诺人聚族而居的大公房已经空了出来，变成了为游客准备的旅馆。

基诺人有了自家的房子，他们的生活方式也在悄然发生着变化，但他们吃茶的习惯并没有变。下地劳动之前，基诺族妇女总是要用芭蕉叶包好米饭，还要准备好盐和辣椒，中午休息时，随手摘几把茶叶，再加上随处可得的山泉水，便能做出一碗汤。你很难说这是茶还是菜，所谓“羹饮”，原始的形态大约就是这个样子吧。

饮在云南之二

白族在云南各少数民族中，是文化较为突出的一个民族。白族聚居的大理被誉为“亚洲文化的十字路口”。它的北面是神奇的藏文化区域，西南部邻近东南亚文化区域，东西则是多层次的汉文化区域。白族自身的文化在与多种文化的交流中获得了长足的发展，达到了相当高的水平。

大理石的雕刻技艺赋予了它“会唱歌的石头”的美名；白族扎染是最具民族特点的手工制品，它全部采用天然染料，包括使用名贵的藏红花。木雕在大理也源远流长，靠家族传下来的技法和造型，保存了多种文化交流融合的痕迹，白族民歌由于电影《五朵金花》而获得广泛关注。

“三道茶”产生于这样一个民族完全是在情理之中的。“三道茶”的品饮方式中，要在茶中添加其他食品，仍属于调饮文化范围。自陆羽的《茶经》问世之后，在茶中不添加任何东西的清饮逐渐成为饮茶的主流，清饮过程中精神内容的扩大，使它一般被认作是更高级的文化的产物。如果考虑到调饮文化中既有历史的遗留，也有各民族不同饮食结构的影响和习惯的作用，就不会简单地得出调饮文化低于清饮文化的结论，而白族的三道茶就是一个典型的例证。

三道茶是白族人的待客之礼，也是用黑砂罐将茶烘烤，一边烤一边抖，据说是要抖上百次，等茶叶发出“啪啪”的响声，并能闻到焦香时，即冲入沸水，稍待片刻，就可以把茶倒入茶杯中献给客人。头道茶色如琥珀，焦香扑鼻，入口滋味苦涩，白族人称之为“清苦之茶”，寓意为“要立业，就要先吃苦”的做人道理。

第二道茶是把沸水冲入砂罐之后，先在茶杯中放入核桃仁和红糖，再把茶水冲入，这就是白族说的糖茶或甜茶了。这杯茶甜中带香，别具风味，连小孩子也喜欢喝，它的寓意是“人生在世，只有吃得了苦，才会有香甜来”。

第三道茶更是别出心裁，要在杯中放入蜂蜜和花椒，再冲上滚沸的茶水。这杯茶，甜、苦、麻、辣，滋味俱全。要仔细的品才能喝出味道。其寓意是做人要先苦后甜，还要经常地回味。

这就是三道茶的“一苦、二甜、三回味”。它把茶的滋味与人生的况味相比照，将人生的哲理寄寓于饮茶之中，把满足人的口腹之欲与提高人的精神境界水乳交融地汇于一体，在茶艺中达到了很高的水平。同时，三道茶还具有祛寒、润肺、健胃、和血的功效，那么，它又是茶的药用与饮用的完美结合，这在中国的茶艺中是极为独特的。

三道茶所用的茶叶，多为大理所产的“苍山雪绿”“感通碧玉”等名茶，有些人还在第三道茶中加入云南特有的乳扇，佐茶的茶食则是瓜子、松子和糖果等，所有这些都构成了三道茶鲜明的地方特色和民族特色。

关于三道茶的形成，有这样一个传说：苍山脚下有一位技艺高超的老木匠，他带的一个徒弟多年了却仍不让出师。一天，他对徒弟说："你会雕会刻，还只学到一半，要能上山锯倒大树，破下板子，扛回家来，才能出师。"徒弟跟着师傅上了山，锯倒一棵大树，还未锯成板子，已口渴难耐，只好要求下山取水，但师傅不许。傍晚时分，徒弟实在忍受不住，只好摘了一把树叶放进嘴里咀嚼。师傅问："味道如何？"徒弟说："苦"。师傅说："要学好手艺，不先吃苦怎么行。"日落西山，徒弟终于将板子锯成，但已累得筋疲力尽。师傅掏出一块红糖递给徒弟，说："这是先苦后甜"，徒弟吃了糖，口不渴了，也有了力气，便把板子扛回了家。师傅终于让徒弟出师了。临走那天，师傅倒了一杯茶，放进蜂蜜和花椒叶，让徒弟喝了，问："这茶是苦、是甜？"徒弟说："甜、苦、麻、辣，什么味都有。"师傅说："这茶中情由，跟学手艺、做人道理差不多，要先苦后甜，还得好好回味。"从此，三道茶就成了学艺、求学的一种礼俗，并渐渐成为长辈告诫晚辈的一种形式。

由这个传说，可知三道茶是在白族人民的劳动生活中自然形成的，它的功能的多样性蕴含着人们对茶和人生的理解。

如今，三道茶已经登堂入室，由民间的庭院进了高雅的茶馆。它本身所具有的程式，无须经过特别的加工，就富于很好的表演性。在白族音乐的伴奏下，品尝三道茶可以更深切地体会，中国茶文化的丰富与博大。

成片的茶园与民居

大院 石板 马帮——茶马古道寻迹之一

历史上曾有过很多重要的路，因为社会生活的变动，而逐渐被废弃和遗忘。失去了人喧马嘶，它们作为路的生命从此归于沉寂，只有无情的岁月在悄悄地侵蚀着它们的遗迹。但是我们不应该忘记这些路。

云南就有一条这样的路，一条因茶叶而诞生的路。它曾是茶叶运输最重要的通道之一，一条古老而漫长的艰难和文化色彩绚丽的路，它就是茶马古道。

茶马古道西起云南西双版纳产茶区，东至西藏首府拉萨，全长约五千公里，穿怒江、澜沧江、雅鲁藏布江，越过横断山脉，从海拔二三百米攀升到五千米，连接起了云贵和青藏两大高原。最繁忙时每年完全靠马帮向西藏输运茶叶十万担。

苍山流云，洱海揽雪，苍山幽蓝，洱海澄碧。苍山洱海的美，在山与水的亲密无间。站在洱海岸边，远望苍山舒缓的漫坡，水意山岚都是一派澄澈。

古城大理就坐落在苍山脚下，洱海之滨，水光山色的浸染，使大理城的古朴中闪烁着温润的色泽。

在茶马古道的繁盛时期，大理曾是一个重要的转运站。沿茶马古道进行的茶叶运输，造成了大理的繁荣。直到今天，下关茶厂生产的沱茶、七子饼茶，仍是销往西藏的名茶。

严家大院，就是当年著名的喜州四大家之一的严子珍的住宅。从这座富有白族建筑特色的宅院的规模和气派，你可以想象当年那巨大的财富聚积。喜州四大家都是因经营马帮而成为巨富。

如今，游人们饶有兴致地欣赏着这座白族建筑的典范，在白族青年欢乐的歌舞中品尝甘洌的香茗，很少有人会想到汗湿的马背闪亮的光泽，想到一驮一驮的茶砖被放上马鞍，想到马蹄在石板路上踏出的一连串脆响。

昔日的石板路被拆除了，这难得一见的小马帮会勾起人们对往事的怀想。虽然等待马帮的已不再是漫漫长途，不再是崎岖小路上的攀援，不再是风餐露宿。

营中村的乡亲们把这块大石头矗立在这里，他们说，古道上铺的石板，就是从这种大石头上劈下来的。

这其实是他们以自己的方式为茶马古道树立的一座纪念碑。纪念什么呢？纪念那些艰难的旅途吗？还是那些来去匆匆的马锅头？滇藏公路修通了，茶马古道失去了生机，也许，仅仅是为了纪念如今只能在梦中听到的马铃声吧？

这是一座真正的石碑，刻下了重修罗汉桥的经历。这桥曾是马帮的必经之路，将它重新建起，不仅是为了方便这位车老板一样的路人，也是为了让人们记起茶马古道曾延伸进他们的生活。

山明水秀的新华村，像一张风景明信片似的铺展在路边，途经此地，你会深深地体会到，茶马古道不仅是一条茶叶之路，也是一条精神之路。

新华村几乎家家都会打制银器，每一个庭院就是一个作坊。听说，每一家打制的银器，形状与花纹都不相同，是家族一代一代地传下来的。

看着他们专注地工作，这种把整个身心都投放进去的创造，仿佛为手中的东西注入了灵性，一块银片渐渐地变成了一件艺术品。

当年的马锅头们一定也曾被这山水秀色所吸引，会买一件银器再打马上路，那么，那纹饰与形状也该有一些其他民族审美观念的介入。

是否如此呢？我们没有询问这些民间艺术家，因为前路正遥远。

摄影：李达

纳西茶路的记忆——茶马古道寻迹之二

从新华村继续向西，只要几个小时的车程，便到了高原古城丽江，它因纳西古乐而声名远播，吸引了无数国内国外的游客。人们在有世界影响的纳西古乐馆里聆听这种流传了上千年的音乐的静穆、幽深和恬淡，灵魂受到沐浴一般，洗去了心中的焦虑与紧张，同时，又惊讶地发现了神秘的东方文化和丽江惊人的美丽。

谁能想到这座高原古城，竟宛如江南水乡一般，到处碧水淙淙，街道与小楼，经过时间的磨洗，像一件古老的艺术品，散发着温润的光泽。纳西人从容的仪态，与丽江的情调竟是如此融洽，而阳光又是这样宽广、明亮。

人们也许忽略了丽江曾是与纳西古乐同样古老的茶马古道的一个组成部分，在大理之后，它是茶叶进藏的一个重要转运点之一。这座有千年历史的大石桥，就是马帮的必经之地。

与大理略有不同的是，除了本地的马帮之外，西藏的马帮大多是走到丽江就不再前进，在这里卸下他们带来的毛皮、虫草，装上茶叶便踏上归程。

时光流逝，人们几乎已经忘记了马帮的存在，但在老人们的记忆里，一切都仍然十分清晰。

这位神情肃穆的老人，便是今天我们能找到的唯一一位马锅头，他的名字叫赵鹤年。如今，他已是八十岁高龄，步履显得十分缓慢。我们很难想象出他当年赶起牲口上路的神情。但一位作家记录下了当年马锅头的风采。

“赶马的马锅头侧身坐在木鞍上，从齿缝里咝咝地吹出口哨，或低声唱着呈贡调子：

哥那个在至高山那个放呀放放牛，
妹那个在至花园那个梳那个梳梳头。
哥那个在至高山那个招呀招招手，
妹那个在至花园点那个点点头。

这些走长道的马锅头有他们的特殊装束。他们的短褂外都套了一件白色的羊皮背心，脑后挂着漆布的凉帽，脚下是一双厚牛皮底的草鞋状的凉鞋，鞋帮上大都绣了花，还钉着亮晶晶的‘鬼睛眼’亮片……马锅头押着马帮，从这条斜阳古道上走过，马项铃哗棱哗棱地响，很有点浪漫主义的味道……”（汪曾祺《跑警报》）

茶马古道原来只是被叫做茶叶大道，这个名字是九十年代才有的。但是它一经出现就被传播开来，成为这条路的定名。

茶马古道的魅力究竟何在，谁也说不清楚。到过丽江的人可以根本不知道它的存在，但也确实有人对它依依不舍。

这家别致的商站，是一位叫布农的画家开的。他曾单人独骑沿茶马古道采风直达拉萨，归来之后就在丽江定居下来。他的站里专门出售一种他自己设计的布农铃。

布农铃就是经过改造的马项铃，现在成了别具一格的工艺品，据站员介绍，三十块钱一个的布农铃销得不错。

已经很少有人能骑上马，不避艰险地沿着茶马古道去走一趟。那么，从这清脆的铃声中，去遥想一番人与马在深山峡谷，在原始深林中的跋涉，去思考茶马以怎样的力量开拓出这条令人感慨万端的长路，以及这路对于不同民族之间物质与文化沟通的意义，我们一定会更深刻更亲切地理解茶与中国人生活之间的联系。

路的生命——茶马古道寻迹之三

茶马古道出了丽江继续西行，地形与地貌变得复杂和丰富起来，同时，道路也变得愈发艰险。如果将茶马古道比喻为一首演绎人生的乐曲，从大理到丽江犹如少年的风华正茂和浪漫多情，那么这里就开始了严峻的中年。地势的险恶，几乎超出了任何身临其境者的想象，也正为如此，这里也更多地保存了古道的遗迹。

这些远望如细绳一般缠绕于山腰的小路，便是昔日的茶马古道。这样一条窄窄的小路竟能绵延一万华里，确实令人难以置信，再看到它跨越这样的急流，攀上充满滑坡、泥石流等危险的山峰，我们不能不折服于被人称为"藏客"的马锅头们的勇气与毅力。

然而，茶马古道上并非只有危险与艰难，这自由流淌于天地之间的大河，壁立千仞的石崖，黄绿错综的山坡，荒凉到如亘古人迹未至的大坂，以及被风雨侵蚀成不同颜色的土石山峰，对于任何一个旅行者来说，无疑都是一种精神的洗礼。

茶马古道出丽江之后，两度跨过金沙江，经中甸、德钦进入藏区。而中甸正是云南藏传佛教的圣地。成片的寺庙建筑和迎风猎猎的经幡，向神的祭献与虔诚的转经，都在诉说着这里的神圣信仰。

被称为“走夷方”的茶产区马帮一般到大理便停止前进了，能够适应高海拔环境的藏族帮、回族帮和纳西帮接过茶叶继续西行。他们是生意人，同时也是文化使者。他们给西藏送去茶叶、红糖和丝绸，给云南带来宝石、药材和骏马。此外，他们还把不同民族的风俗、神话、宗教沿途播撒，使茶马古道在这一区域的文化交流中扮演了重要角色，在这里，茶既是主体又是媒介。

每年10万担茶叶，对于这样一条路和它的运输工具来说，几乎可以称作一个天文数字。如果再考虑到它运回的同样数量的货物，茶马古道对于滇藏之间物资交流的经济价值可想而知。

由于它所经过的地区有相当一部分至今仍极为偏僻，有部分路段至今仍在发挥着作用。茶马古道不仅在现实中活着，也在人们的记忆中活着。

也许，有一个绝非微不足道的细节我们不该忘记，在烽火连天的第二次世界大战期间，历史曾赋予茶马古道以特殊的使命。当日本军队占领了中国沿海的所有对外出口，缅甸也陷落之后，茶马古道成了当时中国通向外界的唯一运输通道。它的西端是印度的卡里姆都。

一位叫顾彼得的俄国人曾这样描写过这条战时之路：

> ……战争期间所有进入中国的路线被阻时，这场“马帮运输”曾使用了八千匹骡马和两万头牦牛。西藏雨季很可怕，在边境上所有的马帮和宾客来往交通

通常会停止一段时间，山路变成泥潭沼泽，江河暴涨，大山为云雾所笼罩，冰雪崩落和滑坡与其说是例外，不如说是常规。许多旅行者被永远埋在几十吨重的岩石下或葬身于急流中。印度与中国之间这场迅猛发展的马帮运输是多么广阔而史无前例，但是认识它的重要性的人极少。

面对着这样一条丰富多彩的甚至是近于奇迹般的道路，我们仿佛看到一队马帮正在风雪迷雾中艰难前进，他们身后的脚印便是留给后人的启示。

茶之味

开化龙顶

我们应该相信，每一种名茶都是一域的山水精华所凝成的完美结晶，然而，开化无名茶。如此美艳难述的山水竟未凝成一味名茶，实在令人难以置信。虽然，文献载有“进贡芽茶四斤”的字样，不仅证明了产茶历史的久远，也说明着明代已有贡茶，然而开化无名茶。

时机终于来临，钱江源头洁净的碧水青山将化为一撮美茶，让远方的人们在幽香浮动的杯中去品味那烟雨迷蒙的画山绣水。

20 世纪 50 年代曾有过一次成功，然而那叫“龙顶”和“前眉”的茶却莫名其妙地夭折了。

直到 70 年代末，在开化的群山深处的齐溪公社大龙村，那无边的绿色终于找到了最完美的形式，一代新茶从这里诞生出来，它被取名为“开化龙顶”。

在此后的时间里，对“开化龙顶”的各种赞誉纷至沓来，它在极短的时间里就与那些久享盛誉的名茶站到一起。

对面的山峰一派苍绿，山脚下浅色的建筑群因此而显得格外醒目。那是一家茶厂的厂房。

前面沿着山脊向两侧延展开去的茶园，还有远处山坡上弯成新月形的梯田茶园，都属于这家茶厂。难得一见的鲜叶收割机已经进了茶园，它的轰鸣打破了多少年来茶园里山歌互答的浪漫情调，为岑寂的群山带来了躁动不宁。

正如茶天然地与传统紧密相连一样，现代化的进步仍不能使茶叶加工完全离开手工操作。在茶厂整齐划一的厂房里，聚集了各种茶叶加工机械，但它们仍不能替代多少年来积淀下的经验。于是，烘笼、竹筛、簸箩这些手工作坊中必不可少的用具，也出现在现代化的厂房里。因为，真正的好茶与普通凡品的区别，往往就在茶工刹那间的感觉中判定了。

在这些传统与现代，人工与机械自然地融为一体的企业里，最让人难忘的是那些手，那些女工们的手。

干茶在拣剔车间的桌案上颜色深沉如铁，闪烁着金属一般的光泽。说不清有多少双女工的手，在这些珍贵的茶里挑拣着。每一粒茶都经过了她们的审视，每一粒茶都经过了她们的抚摸，此时此刻的情景，使任何一个关于茶与女人的美丽传说都黯然失色，因为，这些女工们的手已经把她们的体温，她们的柔情赋予了茶，并在这一瞬间激活了深藏在于茶体内的山水的灵性。

开化龙顶，不仅是这一方山水精华的结晶，也是开化人心血的凝结。请啜饮一杯这香茗吧，你不仅能品味到清流、绿树和山风清新的气息，你品味到的一定还有女性柔情一般的温润。

宁红工夫

江西省修水县是北宋著名诗人、书法家黄庭坚的故乡。以他的家乡双井村命名的双井茶，直到现在还是全国名茶。黄庭坚对此显然是引以为傲的，曾不止一次赋诗赞颂。“山谷家乡双井茶，一啜尤须三日夸”。当他把双井茶赠送给苏轼时，还禁不住附赠诗赞曰：

人间风日不到处，天上玉堂森宝书。
想见东坡旧居士，挥毫百斛泻明珠。
我家江南摘云腴，落硙霏霏雪不如。
为君唤起黄州梦，独载扁舟向五湖。

但是黄庭坚绝对不会想到，许多年之后，他的家乡出了一种声名远播至海外的好茶——宁红工夫。

在茶叶家族中，宁红是出现较早者。清叶瑞延《纯蒲随笔》云：“红茶起自道光季年，江西估客收茶义宁州，因进峒教以红茶做法。”修水古属义宁州，所产红茶简称宁红。在宁红的发展史中，罗坤化是一个重要人物，他生产了一种“太子茶”，每箱五十斤，售价高达一百两白银。由此可见上等宁红的名贵。俄国商人遂题匾曰：“茶盖中华，价甲天下。”

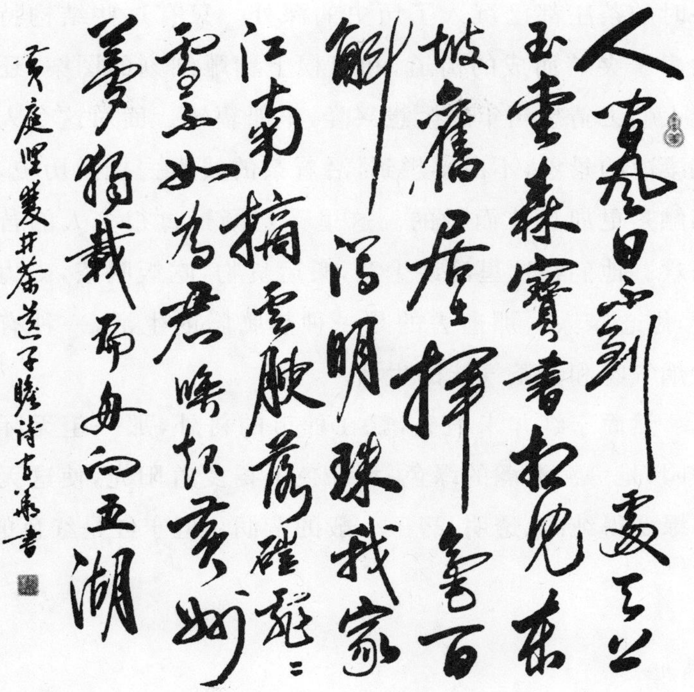

双井茶送子瞻　黄庭坚

宁红主要出口俄国和西欧，光绪年间产量达一万吨，值银千万元以上。其中，尤以山口、漫江所产品质最为优越，当时有“山漫不到庄，茶叶不开箱”的口碑。意为在出口口岸，山漫宁红作为质量标准，如未到货，其他红茶不能开箱验货。

罗坤化的茶庄厚生隆就设在漫江乡一个叫杜市的小镇上，这里当年茶庄众多，是宁红的一个重要集散地。如今的杜市已经衰落了。街道两旁的房子，是起身颇高的建筑，土木结构。想来上面应该是住人的，下层则是对外营业的铺面。这些房子不少已经倒塌，剩下的也岌岌可危。连镇上的老人也不知道哪里是原来的厚生隆。那些名噪一时的茶庄都已沉入了历史的深处。只有这些结构特殊的房子夹峙而成的街道，和窗棂上精雕细刻的图案，还能让人们去猜想当年的生意兴隆，车船辐辏。面对这令人颇感凄凉的景象，不由得想到，沿着茶的线索去抚摸历史，那感触是更加具体而微的。这里一定凝聚过很多人的苦乐悲欢。他们在这里洽谈生意，搬运货物，吃饭喝茶，出力流汗，思念亲人。那逝去的是一种热腾腾的生活，一种有着炊烟气味和干茶气味的生活。

然而宁红并未消失，就在杜市的村外，那一望无际的茶园，是一派浩瀚的绿色，那绿色上摇曳着阳光，使这无边的绿变得纯净、透明，碧玉一般的莹润。但宁红是红色的。

君山银针

由于范仲淹的《岳阳楼记》，和记中影响了多少代知识分子的名言“先天下之忧而忧，后天下之乐而乐，”岳阳楼便被永远地铭刻在人们的记忆里。

岳阳楼拔地而起，端庄浑厚，与烟波浩渺，横无际涯的洞庭湖相互映照，如浑然无间。登上岳阳楼，于水气弥漫中，看湖面上舟船往来，沙鸥翔集，确能感受到“气蒸云梦泽，波撼岳阳城”的气势。而远处隐约可见的一线沙洲，便是君山岛，著名的君山银针就产自那里。

君山银针为君山三宝之一，另外两宝是金龟和斑竹。金龟因色而得名，其体形也确实与众不同。斑竹则是竹干上撒满斑点，据说舜帝南游死于九嶷山下，其爱妃娥皇、女英抱竹痛哭，血泪染竹成斑。人们把斑竹视为爱情的象征。毛泽东曾有“九嶷山下白云飞，帝子乘风下翠微。斑竹一支千滴泪，红霞万朵百重衣”的诗句，歌颂故乡的这种纤纤修竹。

君山岛并不大，才十一平方公里，由洞庭平原冲积土形成，土壤肥沃，植被繁茂，雨量充沛，再加终年水气蒸腾，云雾缭绕，形成了难得的宜茶生态环境。

早在唐代李肇所著《唐国史补》中就说：湖南有衡山，岳州有邕湖之含膏也。

君山产茶的历史可谓相当悠久了。到了清朝，君山茶开始入贡。当时的人认为：“湘中产茶，其地不一，……而洞庭君山之毛尖，当推第一。”（江昱《潇湘听雨录》）

这里所说的君山毛尖可能还是绿茶。袁枚《随园食单》中说：“洞庭君山出茶，色味与龙井相同，叶微宽而绿过之。”

《湖南省志》中也说：“巴陵君山产茶，嫩绿似莲心。”

今天作为黄茶翘楚的君山银针，加工时比绿茶多了一道用牛皮纸包裹闷黄的工序，干茶呈黄色，显然与上面所说的不符。庄晚芳先生认为《红楼梦》中提到的“老君眉茶”即君山银针，可能也只是得其仿佛。黄茶君山银针何时出现？是谁创造了闷黄这种艺？还都是值得研究的课题。

不过，这丝毫也不影响我们去品味这黄叶黄汤的茶中珍品。君山银针的与众不同，在于冲泡时，茶芽朝上，茶蒂向下漂浮杯中，然后缓缓下落，直立杯底，状如春笋破土，又似刀枪林立。之后又徐徐上升，最多时可以三起三落。这是任何一种茶所没有的，其原因在于君山银针的芽头特别肥壮。

离开君山岛，举目回望，会不由自主地想起李白的两句诗：淡扫明湖开玉镜，丹青画出是君山。

大自然似乎是刻意在洞庭泱泱湖水中造出这么一个小岛，为了这种奇异而名贵的茶。

普洱茶

在茶学史上，普洱茶几乎就是滇茶的别名，因为它的历史实在太悠久了。唐代樊绰所著《蛮书》中即记载了今思茅、普洱、西双版纳地区茶的生产和饮茶方法。

“茶出银生城界诸山，散收，无采造法。蒙舍蛮以椒、姜、桂和烹而饮之。”

我们今天在该地区少数民族的品饮方法中还能找到诸代饮茶的遗风。同时也由此而知道，普洱茶的加工工艺在诸代尚未成型。

普洱茶这一名字的正式出现，见于明谢肇淛所著《滇略》一书：“士庶所用，皆普茶也，蒸而成团”。

这就已经是我们今天仍能见到的紧压茶了。与谢肇淛同一时代的李时珍则在其医学巨著《本草纲目》中更明确地指出：“普洱茶，出云南普洱”。

事实上，普洱茶也确实是一个相当广泛的概念。

历史上普洱茶的鼎盛时期是清朝，史书记载：

“普洱茶名重于天下，出普洱所属茶山，一曰攸乐，二曰革登，三曰倚邦，四曰莽枝，五曰蛮砖，六曰慢撒，周八百里，入山作茶者数十万人。”（清《滇海虞衡志》）

也就是在这一时期，普洱成了贡品，受到皇室的关注，并设立了专门的官员，直到今天，我们还可以找到当时与茶有关的诸多文物。

普洱茶声名赫赫，甚至进入了《红楼梦》和《战争与和平》这样的世界文学名著。普洱茶也大量外运，除向西运往西藏之外，还运往印度、缅甸、马来西亚、新加坡、越南等国。

大家都知道，茶是不能久存的，但普洱茶却是个例外，存放得时间越久，味道越香。鲜叶经杀青、揉捻、干燥之后，成为普洱毛青。普洱毛青滋味浓烈锐峻，要经过一道特殊的工序——沤堆之后方才成为熟茶。熟茶还要再存放 3～5 年，此时滋味变得醇厚回甘，像陈年老酒一样，韵味无穷。所以普洱茶有“父采子卖”之说。

据说，沤堆工艺的发现，来自运茶的马帮。茶在途中被雨淋湿，本以为茶会变质，不想运达目的地后。茶的滋味变得更好了。此后，制茶人就在加工中增加了一道泼水堆积发酵的工序。当然这只是传说，但是我们有理由相信，普洱茶漫长的生产历史中，必定会有许多劳动者偶然的发现所产生的奇迹融入了茶香。

普洱茶中名气最大的要数紧压茶，普洱茶、七子饼茶、普洱茶砖等都是尽人皆知的。紧压茶的制作并非人们想象地那么简单，不同规格的茶的比例，成型时所处的位置都是必须掌握的。工作负责人一再提醒我们，这是技术秘密，不能随便示人的。除了紧压茶，普洱茶也有散茶，《滇南新语》记载：“普茶珍品，则有毛尖、芽茶、女儿之号。”其中的毛尖就并不做成紧压芽。现在普洱茶叶集团生产的“女儿茶”也是散茶。

普洱茶园历史悠久，不仅对产区经济是一个重要的构成，也伴生了丰富的文化现象。普洱茶文化是中国茶文化中重要的组成部分。与内地奉神农为茶祖不同，在这里，关于诸葛亮的传说很多，共同的一点是他教会了当地人民种茶和饮茶。

而布朗族的古歌《祖先歌》则这样唱到：

叭宕冷是我们的英雄，
叭宕冷是我们的祖先，

是他给我们留下竹蓬和茶树，是他给我们留下生存的拐棍……

云南许多民族的饮茶方式，在某种意义上都可以称为普洱茶的饮茶方式，因为他们所饮的都是普洱茶。近年来，经过茶文化专家的发掘整理，产生了更高雅更富于表演性的普洱茶艺。存放多年的黑红色茶砖，与现代茶馆的氛围，在共同营造着一种空气，它具有象征意义地预示着普洱茶由传统到现代的发展前途。

烘豆入茶

茶最古老的品饮方式——羹饮，除极少数地区，如云南的基诺族外，已经难得一见。调饮则仍存在于西北、西南的各少数民族中。在汉族文化的中心区域，清饮则成为主流。然而，在这一区域内，仍零星地存在着若干种调饮的方式，成为历史发展脉络不可缺少的提示，德清县所在的湖州地区普遍流行的烘豆茶即其中之一。

汉族中存在的调饮，除地域、气候、饮食影响外，多与某一神话或历史人物有关。烘豆茶又名防风神茶，据说其诞生与神话人物防风氏有关。

据说，大禹治水成功后，要各部族首领去开会。防风氏走到半路遇到水灾，便带领民众治水，却因此耽搁了会期，大禹一怒之下便把他杀了。防风氏治水时，不及造饭，便把乡亲们送来的炒米、炒豆、干菜等一并推入茶汤中煮熟而饮。民工饮后神力大增。防风氏死后，民众便饮此茶以示纪念。

防风氏可能是上古时期封禺之地的一个部族首领，他的被杀大约与部族斗争有关。从民间的传说来看，他应该是一个失败的部族的英雄。此地民间至今仍有拜祭防风氏的传统。

这种传统在古书中也有记载：

> 越俗祭防风神，奏防风古乐，截竹长三尺，吹之如嗥，三人被发而舞。
>
> 《述异记》

那么，饮防风茶还蕴含着对自己的部族英雄表达哀思的因素。

岁月如流，那些历史上慷慨悲壮的争斗早已烟消云灭，连那些民族也正在融合中消失，但小小的一杯茶，却盛装了如此丰富的历史、民族、心理、文化内涵，却不能不令人感慨系之。

防风茶中蕴含的悲凉之感在时光的流逝之中已经渐渐淡化，更主要的是作为一种地方性的饮茶习俗而存在着。

由于这种茶俗长期在民间流行，随着时间的推移，它更多地被赋予了劳动者的性格，被称为“民间茶道”的“打茶会”就最充分地体现了这种茶俗的民间性。

“打茶会”主要流行于湖州地区的已婚妇女之中，大家定好时间赶到某人家中，主人为客人冲泡的就是烘豆茶，此外还配一些零碎茶食。客人自然有对主人的茶进行品评称赞的义务，更主要的是聚在一起闲谈，这其实是妇女们聚会的一种方式。客人们往往拖儿带女，谈话的内容也无非家长里短，这就使这种“茶会”具有了真正民间的气息。

烘豆茶不只下得灶堂，也上得厅堂。讲究的烘豆茶调品多达十几种。这样的一碗茶，在无论多么尊贵的客人面前绝不会显得寒酸。

据说烘豆茶有明目开胃的作用，喝了之后可以强身健体，其实，单是它几千年的历史和由它演变的茶俗，就足以使人心智大开。

当地人喝烘豆茶都是自己采制，随着市场经济的发展，德清县成立了烘豆茶厂，开始了工业化生产。产品远销到广东、甘肃等地。可是，那些远在异地的人们，能喝出这一方土地的山水气息，喝出那久远的历史回声和民间的风习吗？

西湖龙井

现在的茶被分为六种，即绿茶、红茶、青茶（乌龙茶）、黄茶、白茶、黑茶。每一种之下又细分为几个种类，如绿茶即有蒸青、炒青、烘青、晒青，其中的区别不是产地的不同，而是制茶方式的差异。不过这是现代的事情，在唐朝则只有绿茶，似乎以蒸青为主，这种情况大约一直延续到宋朝。

陆羽《茶经·三之造》中说，“晴，采之，蒸之，捣之，拍之，焙之，穿之，封之，茶之干。”说的就是做蒸青绿茶的过程。其大意为，采摘青叶应该在天气晴朗的时候，然后用蒸锅来蒸那些采回的茶树叶子，再把蒸软的树叶捣成糊状，又将这些糊状的东西用手拍打成饼，烘干，用绳子把这些茶饼穿起来，加以包装，茶也就做好了。把采回的青叶用蒸气来蒸，不只是使其变软，也是为了去除树叶的青草气，谓之“杀青”，是茶叶加工中一道重要的工序。我们由此可知，唐朝时候人们所喝的就是蒸青的如同饼子一样的茶。如同其他好东西一样，是要献给皇帝的，唐朝时候的贡茶就有湖州的顾渚紫笋、常州的阳羡茶，名山的蒙顶石花几种，这些茶现在仍有生产，但已没有了昔日的名声。

现在的茶叶当中，似乎以西湖龙井最为有名。每年春茶上市之际，北京的报纸都会有新闻报道，2011 年 3 月 27 日《北京青年报》就刊登一条题为《头茬“西湖龙井”首日到货即告罄》的新闻，说“昨天早晨 8 点半，头茬 23.5 斤的‘西湖龙井’在老字号‘元长厚’茶庄露面，每斤售价高达 8 000 元。截至记者发稿，首日到货的头茬‘西湖龙井’全部售罄”。细思之下，我们大约可以猜到，西湖龙井颇为难得，茶庄进货想必都是整数，这一次却有半斤的零头，大概茶农只产了这么多，被茶庄尽数买来了。照物以稀为贵的说法，一斤茶卖到 8 000 元也就不算奇怪了。

西湖龙井之所以“稀”是因为产地小，只在浙江杭州西湖附近的狮峰山、梅家坞、翁家山、云栖、虎跑、灵隐这几个地方出产，据 1932 年《中国实业志》统计，抗日战争之前，狮峰、龙井、梅家坞一带每年产龙井茶约 25 吨，产量最高的年份也不过 60～65 吨。新中国成立以来，产地渐有扩大，至一九九五年，产量达到了 557 吨。这大概已是尽头，因为那个产地不能无限地扩大。只要离前述几个地方稍远，茶的味道就会差了不少。这种情况在农产品中并不少见，我的故乡山东有个叫章丘的地方出好大米，但必须是当地百脉泉所流灌的稻田所产的才行，据说这样的稻田只有几十亩，就是当地人也很难吃到。这在农业生产中有一个专门的叫法，原产地产品。

由于文献资料的缺乏，西湖龙井今天的样子究竟成于何时还很难确定。不过西湖龙井是炒青绿茶，其杀青、干燥都是在锅里炒菜似的炒成的。虽然唐朝的绿茶如陆羽所说的多为蒸青，但炒青也是有的。刘禹锡《西山兰若试茶歌》说：

山僧后檐茶数丛，
春来映竹抽新茸。
宛然为客振衣起，
自傍芳丛摘鹰觜。
斯须炒成满室香，
便酌砌下金沙水。
……
新芽连拳半未舒，
自摘至煎俄顷馀。

分明地告诉我们这茶是炒成的，只不过喝的方法与蒸青同样是煎即煮，并不像现在的泡茶喝。

西湖附近产茶很早，明田汝成《西湖游览志余》中便说："盖西湖南北诸山及诸旁邑皆产茶，而龙井、径山尤驰誉也。"只不过这里的"龙井"是产地名而非茶名。至明末，彭松贻的《采茶歌》里说："龙井新茶品价高，杯中瓣瓣立周遭。不逢清客休轻试，辛苦担泉下虎跑。"这里的龙井似乎已经是茶名而非地名了，茶叶泡在水中片片直立，正与现在所产西湖龙井泡后的样子相同，只是不知道干茶的样子是否是扁平的。

唐朝虽已有了炒青，但大量出现却是在明朝，其形状也有多种，如长条、圆、直针、卷曲，西湖龙井则是扁平形状的。直到清末民初徐珂所著的《可言》中才说："茶之叶，他处皆蜷曲而圆，惟杭之龙井扁且直。"大约就是《中国名茶志》中所描写的"形似碗钉，扁平光滑，尖削挺秀，大小匀齐。"碗钉现在很难见到了，以后大概也不会再有。但消失的时间并不久，二十世纪七十年代还是很常见的东西。那时因生活穷困，家中的碗如果并不是摔得粉碎而只是破裂，是舍不得扔掉的，要找走街串巷的小炉匠来鋦。鋦碗（缸、罐、坛等陶瓷类容器也都可以鋦）所用的就是碗钉，是用铁制成的，扁平，两头尖而中间较宽，长不足半寸，西湖龙井干茶的形状与其相似，只是颜色不是铁黑，而是翠绿或嫩黄。

据说龙井在清雍正年间已是扁形的，但芽叶仍是分岔的，称为狮耳形、蝴蝶形，至民国初年，即《可言》所记之时才讲究外形的光直。由此可知其加工技术是逐渐形成的。

现在的西湖龙井须在清明前采摘嫩芽，故称明前茶，一公斤的特级龙井茶需七万至八万个茶芽。谷雨前采摘者品质稍差，称为雨前茶。青叶先要摊放，之后筛分，以便依据大小分别炒制。炒制用专门的铁锅，以手翻炒，有抖、搭、塌、捺、甩、抓、推、扣、压、磨十种手法，视芽叶之大小老嫩相机使用，稍有不当便会影响茶叶的品质。炒锅的温度最低时为六七十度，最高时可达一百度，手碰到锅上便会烫伤，但高明的炒茶人手既不会碰到锅，而能让青叶在锅中翻转、成型，真可说是神乎其技。第一次炒制称为青锅，炒完的茶叶出锅后摊薄回潮，晾凉，之后还要再筛分一回，筛分后的茶叶须回锅再炒，称为煇锅。炒好之后还要再摊晾，簸去黄片，筛去茶末，茶叶才算制成。

这种加工的工序和技术非一人所能创造，当是历代茶农不断尝试、改进、传承才慢慢成为今天的样子。到明朝后期，大约是因为龙井的加工技术尚未成熟，此茶并不被看作是最好的。袁宏道（1568—1610 年）《龙井》一文中说

"余尝与石篑道元子汲泉烹茶于此。石篑因问龙井茶与天池孰佳。余谓龙井亦佳,但茶少水气不尽,茶多则涩味尽出,天池殊不尔。大约龙井头茶虽香,尚作草气,天池作豆气,虎丘作花气,惟岕非花非木,稍类金石,又若无气,所以可贵。"岕指罗岕茶,产于江苏宜兴与浙江长兴两地之间的罗岕山。天池茶产于苏州天池山,虎丘茶产于苏州虎丘。

龙井茶的名声大约是在清朝达到顶峰而延续至今。乾隆下江南曾几次到过龙井,专为龙井茶写过四首诗,《观采茶作歌》两首,所写为采茶、制茶,其中有两句是:"西湖龙井旧擅名,适来试一观其道。"可见是早就知道的。《坐龙井上烹茶偶成》云:

龙井新茶龙井泉,
一家风味称烹煎。
寸芽出自烂石上,
时节焙成谷雨前。
何必凤团夸御名,
聊因雀舌润心莲。
呼之欲出辩才在,
笑我依然文字禅。

"凤团"指宋代的龙团凤饼,是极名贵之贡茶,因压制磨具上有龙凤图案印在茶饼上而得名。乾隆认为龙井茶超过龙团凤饼,于是称其为天下第一。乾隆大概颇喜欢喝茶的,所著茶诗有几十首,惟写龙井茶有四首,是其中最多者,可见对龙井的看重。

民间尚有“十八棵御茶树”的故事，也是说乾隆与龙井茶的。故事中说，乾隆到杭州狮峰山下的胡公庙，庙前有十几棵茶树，山上正有乡女采茶，乾隆便也学着采了一把，恰好此刻太监报告太后生病，匆忙之中，乾隆便把茶叶揣进怀里，赶回京城去了。皇太后只是积食上火，致两眼红肿厌食，乾隆近身请安时，太后闻到他身上有清香味道，问是何物。乾隆这才想起在狮峰所采得茶叶，掏出来看时已经干了，那清香的味道正是干了的茶叶散发出来的。太后便说，我正好嘴里没味，泡一杯来清口。不想喝了三杯之后，病症就全消了。乾隆便即刻下旨，将胡公庙前的茶树封为御茶树，每年所采得茶叶专门进贡给太后。据说胡公庙前至今仍有十八棵茶树，但得名的原因是否确是因为治好了皇太后病的就不得而知了。

民间传说中讲述茶作药用，且疗效神奇颇多，《清茗拾趣》一书中此类故事就不只一篇。古书中也时有记录。陶弘景《杂录》说：“苦茶轻身换骨，昔丹丘子、黄山君服之”。《壶居士食忌》：“苦茶久食羽化”。除上述两则外，类似的尚有不少，但其不可信为实有则相同。

西湖龙井的名声似乎确也与其成为贡茶有关，但其根本在品质，现在有“色绿、香郁、味醇、形美”四绝的说法。龙井茶确也有“色绿”者，但狮峰龙井颜色微黄，俗称糙米色，其茶汤自然也不是绿色的。“香郁”只是说香气浓郁，究竟到了什么程度却不知道，香气与别的茶有何区别也未说出。“味醇”是说它滋味纯粹，没有其他味道串入。只有“形美”最好理解，龙井茶大小均匀，光滑平直，整整齐齐，确是好看的。

久坐始闻其香　齐白石

清人陆次云《湖壖杂记》中关于龙井的香与味所说稍详："龙井，泉从龙口中泻出，水在池内，其气恬然若游人。注视久之，忽尔波澜起。其地产茶，作豆花香。与香林、保云、石人坞、乘云亭者绝异，采于谷雨前者尤佳。啜之淡然，似乎无味，饮过之后，觉有一种太和之气，弥沦乎齿颊之间，此无味之味，乃至味也。"段起玲诗中也说："龙井茶先谷雨长，味甘还作豆花香。"对龙井之香所见与陆氏相同，唯陆次云所说之"无味之味""太和之气"，过于虚玄，无从琢磨。

汪曾祺《寻常茶话》中说："……真正的狮峰龙井雨前新芽，每蕾皆一旗一枪，泡在玻璃杯中，茶叶皆直立不倒，载沉载浮，茶色颇淡，但入口香浓，直透肺腑，真是好茶"。

此处所说之"香浓"，似不是气味而是滋味，与陆次云所说之味淡正好相反。同是一茶，而饮者所见如此不同，盖因气味滋味皆极难形容，只好含糊其辞。清陈曾寿有诗云龙井曰："更出新藏压山产，香沁荷露倍清馨"。所说虽仍是香气，用于龙井之滋味也是合适的。龙井之香与味尤突出之处全在清新。清代有一种瓷器的颜色名为雨过天青，虽然说的不是气味与滋味，但其清新之处则相同，即爽朗而清澈。清新无论是气味的或滋味的，皆不能浓，然却可清晰而持久，或可称之为亦淡亦浓，故陆次云与汪曾祺所说皆非虚妄之言。

品味龙井

烟花三月，一个昔日的学生往杭州出差，带回一点西湖龙井给我，虽然价格不菲，却仍说未必是真的。第二天泡了一杯，果然淡乎寡味，并无龙井特有的鲜醇，以及微甜的栗香。其时正在赶稿子，便另泡了一杯滇绿喝了提神。隔了一夜，早晨起来见那杯龙井颜色尚浓，便兑了一点热水喝，这一回却真的喝出了龙井纯正的滋味。看来此茶虽假，却假得颇有水平。即便不是"狮""龙""云""虎"所产，也一定相去不远。一个学食品专业的学生告诉我，她的毕业论文题目即绿茶的冲泡机理，其研究结果是：用凉水泡茶最能泡出滋味，只是需要时间较长。我的这回喝龙井的经验可以证明，她的结论是正确的。

我认识龙井茶在三十年前，一个亲戚来，送给父亲两铁罐龙井。我那时并不喝茶，只是出于好奇，去看了看。只记得那茶颜色略黄，呈片状，干茶便有一种山野的清新气息。撮了一点，手感光滑，扔回罐中时，茶叶相碰发出金属般的脆音。我不记得自己曾喝过那茶，自然也无从记得那茶的滋味。以现在的知识推测，那茶当是狮峰龙井，因为其颜色略黄，其时正在"文革"之中，由包装上看，当购自国营商店，想必也不会是假的。

待到我自己也喝茶了，偶尔也会喝到龙井，不知是不解茶味还是口感粗糙，也并未觉得好。到在学校里面讲茶文化课了，便时常有同事或友人以茶相赠，大约是以为我会品茶吧。其实我讲茶文化属坐而论道性质，并未因之成为品茶高手。即以我的茶杯而论，就颇不文化。只是一个桶状的塑料杯，颇大，杯口有螺扣，盖子可以拧紧不至于漏水，带去讲课较为方便。同事们见了，常笑曰："这就是你的茶文化？"我也只能以笑作答。只是别人赠送的多为好茶，我也缘此喝到了真正的龙井。

那也是几年前了，一位同事忽然送我一袋茶，说是她丈夫从杭州带回的西湖龙井。比起我所见过的茶来，这龙井的包装实在不起眼，只是一个简单的牛皮纸袋子，装了大约一斤的茶叶。等我打开袋子一闻，就明白了我以前所喝过的龙井都是假的。那是一种纯正清新而又余韵悠长的香气，仿佛雨后的晴空一般的纯洁和爽朗。至于那滋味，更是难以言喻。清人陆次云曾说："龙井茶，真者甘香而不洌，啜之淡然，似乎无味，饮过之后，觉有一种太和之气，弥沦于齿颊之间，此无味之味，乃至味也。""太和之气"，"无味之味"云云，似乎过于虚玄，不好琢磨。《中国茶经》的评论更加切实，曰："滋味甘醇鲜爽。"但以我的感觉，似仍意犹未尽。但如何描述西湖龙井的滋味尚未想到，茶却已经喝完了。此后，我便又告别了西湖龙井，即便偶尔碰到，我也不以为意，因为知道，真的可能性太小。事情就是如此的奇怪，这样好的东西，却只能产生于那一小块土地上，稍一离开，便神韵皆失。不过话又说回来，倘若遍地皆可产龙井茶，我还会如此思念之至吗？

寒夜客来茶当酒　齐白石

就在我的学生送我茶后不久，艺鸿斋的陈艺鸿君从杭州购茶回来，送了我一盒龙井，并告诉我是产于梅家坞的。艺鸿君以茶为业，却并无商人气，与我交往多年，所谈多是与茶文化相关的学术问题。以她的眼光，此茶必然是真的。因为有假龙井的比较，这回再喝，更能分明地感觉到真正的龙井那特有的滋味。一杯之后，兀然独坐，感到内心少有的平静。于是忽然想到，龙井茶之所以声名赫赫，正在于那滋味的干净。缘于此，饮过之后，市声嘈杂，人事纷争，皆已淡然远去，即所谓真的一洗尘心了。周作人《喝茶》一文中所说之“清泉绿茶”，大约所指的也为西湖龙井。因为只有它那淡而纯粹的滋味，才与忘记了功名利禄的宁静心态相合。

黄山毛峰

对于风景秀丽的黄山，让无数游人流连忘返的，是风景区里的奇峰怪石，飞瀑激湍，松涛云海。其实，三百里长的黄山山脉，处处都有迷人的景致。只是由于更多的是田园色彩，或者，仅仅是因为游人罕至，这些地方才被忽略了。

这里已经不是旅游胜地，然而，那阳光明媚之中的座座小丘，小丘上的层层梯田茶园，盆地里镜子般熠熠闪光的水田，绿树掩映中的村舍，还有那背景一般雄峙的黄山山脉，所有这一切构成的澄澈而宁寂的美，不是更让人澄思净虑，不是更让人流连忘返吗？

倘若可能，真的去走遍三百里长的黄山山脉，你会发现一个真实的黄山，一个有着女性的温婉和男性的雄伟的黄山。古人说，有名山必有名茶，但是没有哪座山像黄山一样，拥有如此众多的名茶，祁红、屯绿、太平猴魁、顶竹大方、休宁松萝、黄山毛峰……仿佛不如此，就无法承载起黄山连绵不绝层出不穷的美色。然而，在这灿若群星的名茶之中，堪称独步的是黄山毛峰。

黄山产茶始于宋之嘉祐，兴于明之隆庆。在中国众多的历史名茶中，黄山茶只能算是后起之秀。到了明清的典籍中，它才被多次提及。

“天下名山，必产灵草，江南地暖，故独宜茶。……若歙之松萝，吴之虎丘，钱塘之龙井，香气浓郁，并可雁行，与岕颉颃。往郭次甫亟称黄山……。”

明·许次纾《茶疏》

“黄山有云雾茶，产高山绝顶，烟云荡漾，雾露滋培，其柯有历百年者，气息恬雅，芳香扑鼻，绝无俗品，当为茶品中第一。”

清·江澄云《素壶便录》

这里被推为茶中第一的黄山云雾茶，正是黄山毛峰的前身，或者说是它的基础。

与其他历史名茶产生的种种神话和传奇故事不同，黄山毛峰诞生的经历平淡至极：

1875年，谢裕泰茶庄的老板谢静和是一位深谙茶叶采制技术的商人，命人在黄山最著名的茶园里采摘肥嫩茶芽，精制后取名黄山毛峰，销往东北、华北、遂使此茶名闻天下。

人们应该永远记住谢静和这个名字，因为他不仅是创造了黄山毛峰，而是为天下最美的黄山找到了一种表达方式。

我们看到了劳作的茶农。没有多少人会想到，黄山毛峰娇嫩的细芽，就是由这样粗糙的劳动者的手采摘下来的，然后就像这位妇女一样一袋一袋地将鲜叶背出大山。即便是经过机器加工出来的茶叶，也还要再由这些女工们用双手拣净杂质。

当黄山毛峰被包装起来，变得精美绝仑，华贵无比的时候，当茶艺小姐为人们表演黄山毛峰优雅的品饮技艺的时候，你也许会想到，黄山毛峰不仅仅是凝聚了黄山的云雾和溪流，阳光和松涛才变得如此醇美，那身姿绰约的茶艺小姐后面，分明有一座座的茶山和茶山上茶农微小的身影。

潮汕工夫

在地处东南的潮州、汕头的街市上游走，茶店、茶馆触目皆是，可见此地饮茶风气的浓厚。这里耕地稀少而人口密集，遂养成了对生活细事精益求精的作风，此等作风延及茶事，便有了著名的潮汕工夫茶。

中国人讲究茶艺久矣，陆羽《茶经》中对烹煮过程中各种细节的规定已形成了最好的茶艺，宋代人点茶法更是精妙绝伦。可惜的是，中国茶艺虽历史久远，程式精整，却断而不续，均已湮灭消殒。而东邻日本，自宋代从中国学去茶艺之后，千百年连绵不绝，并使之成为日本的代表性艺术，这不能不令中国人感到愧疚。所幸我们有了潮汕工夫茶艺，足以与日本茶道抗衡。

在乾隆年间，便有了对工夫茶的记载。清代文人袁枚《随园食单》说：

> 余向不喜武夷茶，嫌其浓苦如饮药。然丙午秋，余游武夷，到曼亭峰天游寺诸处，僧道争以献茶。杯小如胡桃，壶小如香橼，每斟无一两，上口不忍遽咽，先嗅其香，再试其味，徐徐咀嚼而体贴之，果然清芬扑

鼻，舌有余甘。

袁枚所记虽无工夫茶之名而有工夫茶之实，只不过地点在闽北的武夷山而已。文中的丙午年为1786年。或许工夫茶的原生地在武夷山也未可知。

“工夫茶”见于记载，是俞蛟所著《梦厂杂著·潮嘉风月记》。其文曰“工夫茶，烹煮之法，本诸陆羽《茶经》而器具更为精致。”《梦厂杂著》成书于1801年，由此可知，工夫茶历史并不久远。

功夫茶主要器具为孟臣罐、若琛瓯、玉书煨、潮汕风炉四种。孟臣罐即茶壶，多用宜兴紫砂壶，只是形体极小。若琛瓯即茶杯，真是小如胡桃，只有一个酒盅大。玉书煨即烧水壶，也是陶瓷制品。潮汕风炉为当地所产红泥小火炉，专为烧茶水用。烧料多用绞积炭，取其无烟臭之味；更上者为橄榄核炭，乃橄榄核去仁窒烧而成，火匀而有焰。潮汕工夫茶毋宁说是乌龙茶茶艺，所泡必为乌龙茶方可，以铁观音和武夷山茶为最佳，也可用当地名种凤凰单枞，投茶量须达壶的七分左右，故茶汤极为浓酽。其冲泡过程为温壶烫杯，高冲低斟，刮沫淋盖，关公巡城，韩信点兵。程序虽然复杂，却也并不难学，难的是数量、时机的掌握和程序之间的配合，诚所谓“此间消息，间不容发”，不经过千百次的磨炼是泡不出一杯好茶的。“艺”是外在的、可见的，其精魂是由此营造出的一种和缓气氛，酝酿成的一种从容不迫、恬适自在的精神状态，和在寻常日用之中品味生活之美的人生态度。

因此，说潮汕工夫茶创造了瀹发乌龙茶的最精当的技艺，倒不如说它创造了中国人最完美的生活艺术。

青砖茶赋

沿着茶的线索，你会找到不少地方繁荣或者衰败的历史。穿过时间的迷雾，在那些纷繁复杂的因素之中，你最终发现的是，茶在怎样悄然地改变着人们的生活。

羊楼洞，这个对于许多人来说完全陌生的，被大山拥抱着的，蒲圻县的一个小镇，如今冷清得如一眼古井。房屋老旧，行人稀少，窄窄的小街上，只有闲坐的老人和嬉闹的孩子。由九眼泉井涌流而成的溪水，如今只能给洗衣的妇人带来一点方便。唯有老街上被磨去了所有棱角的石板路，和石板路上被独轮车碾出的深槽，还在无言地诉说着它的历史，诉说着羊楼洞昔日的光荣。

大约在 1900 年，第一块青砖茶就诞生在这里，用九眼泉井的水制成的青砖茶很快便名闻遐迩，因此，它又被人们称为洞砖。

从那以后，每年几十万担的茶砖，就由那些当地或来自江西的精壮农民，用吱哑作响的独轮车，日夜不停地运往三十里外的新店，再运往汉口，运往包头和张家口，直至遥远的俄罗斯。

湖北的大山里的羊楼洞，用青砖茶紧系着北方广远的地域上的人们。

然而这一切结束了，为了不再用独轮车，为了不再让那些当地或江西的农民汗流浃背地运进茶叶送出茶砖，人民政府将茶厂迁到了几里路外的赵李桥。

时代前进了，而羊楼洞被冷落了。

不变的是老青砖茶。

在赵李桥茶厂流水线上，被压上了“川”字的青砖茶，还是分成洒面、二面和里茶，还是那样色泽青褐，香气纯正，还是那样紧密结实，分量足秤，还是那样深受蒙古族牧民的欢迎。

内地的人是永远也不会真正理解青砖茶的。事情是这样的奇怪，在一片风景如此秀丽的土地上出产的东西，却天然地属于几千里之外的风景酷烈的蒙古草原，以及甘肃、宁夏焦渴的土地；属于那些在酷寒与干热中纵马驰骋举杯豪饮的人们。你能说出个中的缘由吗？然而，这就是青砖茶。

祁门红茶

春天,你常常会看见一个雨中的祁门。隔着透明的雨帘,眺望那由鳞次栉比的白色建筑组成的县城,和由浓绿的层峦叠嶂构成的远处背景,以及从城边流过的滔滔昌江,还有那阴霾天幕下淡蓝色的薄雾,你看到的是一个色彩浓郁的被雨打湿的江南小城,一个被旺盛的生命力充盈着祁门。

只有当你真正走进她的时候,你才会强烈地感到茶在祁门人生活和心目中举足轻重的地位。在蒙蒙细雨中悄然站立的采茶女塑像,是第一个迎接远方来客的人。她那欣悦的微笑和优美的身姿仿佛是这小城的象征,而她身后山腰上树立的"你们祁红世界有名"的邓小平语录,则清晰地传达了这里的人们对于祁红的自豪感。

祁门人是有理由为祁门红茶感到自豪的。在红茶产生很久之后的 1875 年,黟县人余干臣才从福建将红茶制法带回,然而,祁门红茶的名字似乎在一夜之间就传播开来。1915 年的巴拿马万国博览会金奖,1987 年的比利时布鲁塞尔第二十六届优质食品金奖,1992 年的世界优质食品金奖,以及次数更多的国家级金奖,似乎都在证明，祁门红茶是这块色彩浓重的土地的最完美的结晶。

正像所有的劳动都那么朴实无华一样，当你目睹祁红的制作过程时，它身上那耀眼的光环消退了，而你却缘此真正接近了祁红，那些来卖青叶的茶农，大约不会想到祁红数不清的荣誉和异乡人品出的诸多滋味，他们只是把采茶当成他们生活的一个组成部分。一位妇女卖了十八公斤青叶，她可以拿到几十块钱，这是一笔重要的收入。它意味着家人的衣着，锅里的油盐。这位妇女会让人想起很多山里的茶农和他们平凡的生活。

由于实现了机械化，祁红的生产工序看上去都很单调。然而，在祁门人眼里，这一切却是让人动情的。他们在一首民歌中唱道：

天下红茶祁门的好，
长得嫩，摘得早。
初制法子，真呀真神妙。
要它软，用萎凋；
揉捻卷成条。
要它红，用发酵；
烘干又变乌黑了。泡水换红汤，
叶底穿红袍。

是的，当你看到黑色的祁门红茶泡出的茶汤，你不能不为这红艳颜色感到惊讶。茶学专家们也许会说明那些绿色青叶和这红色茶汤之间的关系，但你会觉得任何解说都是多余的，面对着这样一杯融化的红玉、融化的晚霞，你最大的愿望是再一次登高远眺，看那浓绿的山峦，流荡的云雾，滔滔的江水，你一定会找到眼前的风景与那红亮茶汤之间的深情。

蒙山名茶

走进全国著名茶山所在的名山县，触目所及的尽是郁郁葱葱的茶园和茶苗圃，在一派雨雾迷蒙之中，那绿色真如碧玉一般晶莹。宋人有诗曰："蜀土茶称圣，蒙山味独珍"。绝非夸饰之词，一到这里还没有喝到茶，你就仿佛因闻到那茶的清香而陶醉了。

在蒙山谈论茶叶，无论是历史还是现实，都是一个诉说不尽的话题。

古人说："扬子江中水，蒙山顶上茶"。优越的自然环境和蒙顶茶的品牌效应，给了名山县发展茶产业得天独厚的条件，而聪明的名山人又充分地利用了这一条件。他们不仅种茶，而且种茶苗。

山不在高，有仙则灵。蒙山的仙就是吴理真。相传他是西汉甘露年间人，他亲手将七株"灵茗之种，植于五峰之中，高不盈尺，不生不灭，迥异寻常"。宋淳熙十三年，吴理真被封"甘露妙济大师"，又称"甘露禅师"，这个地方被封为"皇茶园"。

说这七株仙茶不生不灭，只是劳动人民对于人工种茶这一创举所寄予的深厚感情和美好愿望，至于这两只被神派来专职看守七棵仙茶的老虎更是一个神话传说。但是吴理真却完全有理由接受后人对他尊敬,因为他是智慧的中国劳动人民的一个伟大代表。

钟灵毓秀的蒙山生长出了品质优秀的蒙顶茶。古人就说:

> 蒙顶茶味甘而清,色黄而碧,酌杯中,香云幂覆,久凝散。

吴理真结庐的天盖寺近旁有《天下大蒙山》碑,碑文盛赞吴理真开创的茶叶种植

> "利益蛮夷之区,商贾为之懋迁,闾阎为之衣食,上书国训,下碑民生……"

只要看看这蒙山远近数不清的茶园,就会相信这话说得毫不夸张。

南路边茶

世人有“蜀犬吠日”之说，而雅安又被称为雨城。冬日仍连绵不绝的牛毛细雨，为整个城市的建筑与街道，为市中心的雅安女，披上了一层迷蒙的轻纱，使雅安始终沉浸在一种雨所创造的诗意之中。

然而，从很久之前开始就有一支队伍，穿过雨雾向青藏高原挺进，它所踏出的道路被称为南方丝绸之路，它们所运送是正是南路边茶。

从宋朝开始就在雅安设立了茶马司，专门管理南路边茶的进藏事务。白马寺正是当时的一个重要驿站。白马泉水质甘甜，能泡好茶，软桥虽为石桥，走上去却是软的。赶长路的人们，跨过软石桥，喝一杯好茶，又匆匆冒雨赶路了。白马寺一定萦系过许多异族之人的乡愁。

生活在高原上的藏族同胞对茶的需求与内地不同，它是一种比粮食还重要的饮料。因此，边茶的生产远远超过了一般意义上的经济活动，它关乎边疆同胞的健康与生存，关乎民族团结与稳定。茶的价值在这里是最贵重的。

所谓南路边茶，指雅安、天全、荥经等地生产的边销茶。用采割下的茶树的枝叶，经过扎堆、晒茶、蒸茶、蹓茶、渥堆发酵和干燥制成毛庄茶。

这种毛庄茶再经过蒸热、筛分、拼配、装包等几道工序，就形成了便于运输的紧压茶。这种茶品质较高的叫康砖，稍次者为金尖。

只有在这里，人们才能真切地体会到，茶在中国这个多民族国家里，独特地发挥了民族团结的纽带作用。

九嶷香风

湖南是产茶大省，名茶除君山银针之外，还有安化松针、古丈毛尖等许多种。要说新研制的名茶，当推高桥银峰最优秀。

芙蓉园里产新茶，九嶷香风阜万家。
肯让湖州夸紫笋，愿同双井斗红纱。
脑如冰雪心如火，舌不饾饤眼不花。
协力免教天下醉，三闾无用自醒嗟。

诗作者是大文豪郭沫若。这是他品尝了湖南茶叶研究所研制出的新茶——高桥银峰后写的。郭老诗歌固然高产，但专为一种茶写诗，大约也是仅此一次。

中共中央办公厅，中华人民共和国主席办公厅也都专门来信，称赞高桥银峰好。

高桥银峰的产地高桥，在长沙市东郊玉皇峰下。这里水网交错，云雾弥漫，加之茶园管理科学，所产茶芽极为细嫩。经细致而合理的制作工艺，形成了高桥银峰色泽翠绿，汤色清亮，嫩香持久的特点，并以此跻身于全国名茶的行列。

湖南茶人的创造性，不仅见之于新茶的研制，也见之于企业经营。同样是在长沙，就有一家拥有全国著名茶叶品牌——猴王牌茉莉花茶的企业，湖南省长沙茶厂。

工厂运货车上“销量第一”的字样，并非虚夸之词，只要看看这繁忙的包装车间，和车间里包装女工们灵巧而片刻不得停歇的手，你就能想象，猴王牌拥有怎样的巨大市场。

对于茶这样传统的产品，无论多么现代的设备和技术，都无法取代世代相传积累下来的经验。

就像用工厂生产的纯净水泡茶，不能取代长沙著名的白沙古井的水一样。所以，长沙人每天络绎不绝地到这里来取水。而这清澈甘甜的水似乎是取之不竭的。看着这么好的水白白流掉，不免想到，长沙人为什么不在这里开一家茶馆呢？白沙井水，高桥银峰，说不定也会像虎跑泉、龙井茶一样，成为饮中一绝呢。

庐山云雾

对于终年云雾弥漫林木茂密又大气磅礴的庐山，没有人比毛泽东说得更好了。

一山飞峙大江边，
跃上葱茏四百旋。
冷眼向洋看世界，
热风吹西洒江天。
云横九派浮黄鹤，
浪下三吴起白烟。
陶令不知何处去，
桃花源里可耕田。

然而东林寺的暮鼓晨钟，又在营造着沉寂凄清的气氛，这同样也属于庐山。超然寺外的信仰，黄灯古卷的清修，茶在僧人枯寂的生活里，意味着远离红尘的清醒和清淡简素的人生。于是僧人们开始在山上种茶，那是在东汉时期。东晋的名僧惠远，在庐山三十余年，聚徒讲学，研究茶艺。宋朝人有诗曰："淡薄革之酒，甘香院之茶。"至今东林寺还有小块的茶园，不知是积习难改还是追踪寄远。

“云雾茶”之名始见于明朝《庐山志》，如今已发展成种植面积达十万亩，名声及于海外的国家级名茶。这当然已与佛教的盛衰无关。

被陆羽评为“天下第一泉”的谷帘泉也在庐山。泉水由山上岩洞中涌出，垂空而下，形成瀑布。“水帘飞泉，破岩而下者二三十派，其高不可计，其广七十余尺。”在所有名泉中气势最为浩大。泉水跌入山谷变为淙淙溪流，水流湍急而清澈不减，直至汇入滔滔长江。

江边有琵琶亭，为白居易长诗《琵琶行》而建。亭为两层，居于高台之上，亭前有诗人塑像。最可贵者，是毛泽东手书《琵琶行》石刻。诗中有“商人重利轻别离，前月浮梁买茶去”的诗句。

漂泊憔悴的女艺人和迁谪多病的诗人，因一首琵琶曲，生发出的韶华已逝人生悲凉的感慨，造就了这首千古绝唱。

如今，浩浩长江依旧，白居易与琵琶女早已化作泥土，只留下浔阳江头旧地，供后人凭吊。

对于庐山，却是将好山好水好茶好诗集于一体，抚今追昔，令人格外感慨万千。

“子在川上曰，逝者如斯夫。”

碧潭飘雪

《茶经》的出现，不仅意味着茶作为一种独立的文化现象，一种灵魂之饮的形成，也标志着知识分子对饮茶这种生活现象的文化介入与建设，赋予它以精神的内涵，使其成为一种生活的艺术。

早在陆羽之前，各种古代典籍已对茶有了零星的记载，虽说只是吉光片羽，却是我们追溯茶之起源的宝贵依据。中国上古第一部工具书《尔雅》中就写道：

“槚，古茶。”

据说这是对茶最早的文字记录。晋代的郭璞曾为《尔雅》做注，进一步解释“槚”，字说：

“树不如栀子，冬生叶，可煮作羹饮，今呼早采者为茶，晚取者为茗。”

《尔雅注》对茶的记载就更为详细了。

位于四川乐山乌龙寺的尔雅台，相传就是郭璞注释

《尔雅》的地方。

由于《尔雅》在茶学史上的特殊地位，尔雅台也因此受到格外的关注。不过，学术界对这里是否真是郭璞注释《尔雅》的地方还有争论。

乐山顶上云雾迷蒙，一如那被时间遮蔽了的历史。

其实，更使人感兴趣的是，中国文人如何介入了茶事，又在饮茶中寄托了怎样的精神追求。

陆羽之后那些不绝如缕的茶诗茶文，无不记录了文人们对茶与人的精神生活关系的探索，并且由坐而论道发展到动手实践，从明朝开始，文人们便自己制茶了，花茶就是明朝文人的创造。

品茶图　文征明（明）

南方人一般不喝花茶。四川俗语说："喝酒不喝料酒，喝茶不喝花茶。"但是成都人就爱喝花茶，这恐怕是与成都是文人聚集的地方有关。

新津市距成都不远，古代又属武阳，这里不仅盛行花茶，而且有一个特殊的风气，居民自己窨制花茶。在这种风气影响之下，当代一位文人窨制的花茶脱颖而出，成为当地名茶，这就是“碧潭飘雪”。

“碧潭飘雪”的研制者徐金华，曾任县文化馆长、文化局长，热爱民间文艺，喜欢各种艺术。由他家的陈设，就不难看出他的文化修养与生活情趣。窨茶是一项艰苦的工作。

在一年一年的窨茶过程中，徐金华的茶学修养发挥了作用，他借鉴明代闵汶水研制的“闵老子茶”的工艺，创造了自己的窨制方法，使他窨制的花茶汤色澄碧，浮沫雪白、清香悠长，很快便声誉鹊起，成为名品。

“碧潭飘雪”虽说已成了商品，但产量仍极低，有人上门求购，徐金华往往要限量出售，同时他又婉言拒绝了要购买他专利的厂家。其理由很简单，一旦大量生产，必然使品质下降。坚持茶品的纯粹而不为物欲所动，徐金华是真懂茶的人。他不仅创造了独具一格的好茶，更坚持了茶所特有的清新脱颖的精神品质。

碧海金华寸愫心，
潭有潜龙试新茗。
飘香溢出蜀茶道，
雪化尘嚣冠六清。

这诗赞扬的是茶，更是制茶人的人格。

“碧潭飘雪”的出现，既是武阳作为茶叶集散地形成的地方风气所至，也是中国文人“以茶明志”传统的凝结。喝一杯徐公茶，你将品味到中国文人借以安身立命的人格操守。

霍山黄芽

西南—东北走向的霍山山脉，与西北—东南走向的大别山脉，在霍山县境内相交，构成一个剧烈的转折，它被称为霍山弧，在这个弧型山区之内的东淠河上游，就是长江以北的重要名茶——霍山黄芽的产区。

作为历史名茶，对霍山黄芽最早的文字记载，见于唐李肇所著的《唐国史补》。书中说：

> 风俗贵茶，茶之名品益重。……寿州有霍山之黄芽。

黄芽本来是绿茶加工时操作不当造成的，其制作工艺晚至明代许次纾的《茶疏》始见于记载：

> 兼以竹造巨筒，乘热便贮，虽有绿枝紫笋，辄就黄萎，仅供下食，奚堪品斗。

但霍山黄芽不同，它的茶树品种和自然环境使它的嫩芽自然发黄，从而形成的黄茶。它的干茶金黄，汤色黄绿，叶底微黄，具有熟栗子香味。

霍山黄芽在唐朝已经入贡，但作为一种制度是从明朝才开始的。

茶一旦成为贡品，就会立刻身份倍增，因为这是茶叶品质出类拔萃的证明。但是，皇室的贪得无厌，也使茶农不堪重负。当时的太守曹琥写了《请革芽茶疏》。其中说：

> 盖不欲以一人之奉而困天下之民；以养人之物而贻害人之患。此所以泽及生民，法垂后世，而王道成矣。

人们应该记住这篇文章，它是中国茶文化史上最光彩夺目的文章。因为它站在茶农的立场上，将矛头指向了封建社会的最高统治者——皇帝。

新中国成立之后，霍山黄芽一度停产，炒焙技术也失传。1972年，霍山县政府派出的几位技术人员和三位七八十岁的老茶农又重新炒制出了霍山黄芽。当地人把新炒成的霍山黄芽寄给了毛主席，时隔不久，就收到中央办公厅的回信及茶款。

这个故事一直在霍山广泛地流传着，人民领袖的廉洁奉公和封建帝王的恣意搜刮，都通过霍山黄芽分明地体现出来。

如今，具有丰富历史文化内涵的霍山黄芽，成了霍山人民发展经济的拳头产品。县城里设立了专门的黄芽市场，它的繁荣，不仅意味着霍山黄芽深受人们的喜爱，也预示着成千上万的茶农将因霍山黄芽而走向富裕。

霍山人因拥有蕴涵如此丰富滋味如此浓醇的美茶而拥了非凡的胸怀，胆识与气魄，我们也正是通过霍山人和霍山黄芽，看到了历史的沧桑和时代的脉动。

洞庭碧螺

苏州人的生活就像苏州评弹一样，细腻、精致而醇厚，从桨声欸乃的木船到园林盆景，直至名目繁多的小吃，苏州人不知创造了多少生活的艺术精品。

唐寅也许是这种细致入微的生活风气培养出的最有代表性的苏州人，他的多才多艺，风流倜傥，显示了这座水城特有的气质与风度。苏州人在唐寅故居内建了一座茶楼——闲来草堂。唐伯虎不仅画过《茗事图》，而且写过品茗诗：

日长何所事，
茗碗自赍持。
料得南窗下，
清风满鬓丝。

他是真正会喝茶的。

说到茶，苏州人就更有理由骄傲了，因为，这里是出产碧螺春的地方。

浩浩渺渺的太湖上这座绿色的小岛，就是碧螺春的产地之一——洞庭西山。隔水望去，岛上层层梯田种植的都

茗事图(局部)　唐寅

是茶树。来到岛上,人们会告诉你碧螺春悠远的历史。

关于碧螺春这一名字的来历,有着多种不同的传说《野史大观》记载道:

"洞庭东山碧螺峰石壁,产野茶数株,土人称曰吓煞人香。康熙己卯……抚臣宋荦购此茶以进……,以其名不雅驯,题之曰碧螺春。"

其实,碧螺春并非由于帝王题名才身价百倍,它的清香澄碧,得之于自然,得之于劳动。古人早就说过:

"茶园不宜杂以恶木,唯桂、梅、辛夷、玉兰、玫瑰、苍松、翠竹之类与之间植,亦足以蔽覆霜雪,掩映秋阳。"

——明·罗廪《茶解》

这里的茶树正是与青梅、枇杷、柑橘等果树套种的。果树的枝叶挡住了阳光的曝晒,果树的花香熏染了茶叶的滋味。是劳动者的经验与大自然的造化,成就了这无与伦比的名茶。

由于茶芽过于细嫩,青叶采摘也极为不易,我们见到的一位茶农一上午的劳动成果就是那么一点点,而一斤碧螺春就有六万五千个茶芽,这个数字意味着茶农多少辛苦。

碧螺春是用手一下一下,一锅一锅由人工炒制出来的。难怪苏州人喝碧螺春时有那么多讲究:先注水,后拨茶,观赏了杯中的"雪花飞舞""白浪喷珠",再冲入开水,还要欣赏"彩云浮动""大地回春"。至此,一杯茶才算泡好。端起杯来,先闻一闻碧螺春那特有的清香,然后再喝一口那芳香馥郁,回味悠长,沁人心脾,还带着果园的清芬和太湖的水气的茶汤,你就真的品味到了碧螺春,懂得了苏州人细入毫芒的品饮艺术,它就像苏州评弹一样,细腻、精致而醇厚。

凤凰单枞

这里的山水，与其说是优美，倒不如说是平凡。像很多普通的山区一样，淡蓝的群山连绵不绝地起伏着，一汪湖水静卧于群山之间，山下的田园道路均清晰如刻，几头卸了犁的耕牛正在山坡上悠然地啃啮青草，一个山谷之中有一丛白色建筑矗立，那便是凤凰镇了。倘若你对茶略知一二的话，就会知道，你所在的地方正是有名的凤凰单枞的产地——乌岽山。

作为与大红袍、铁观音、冻顶乌龙齐名的乌龙茶，凤凰单枞出于这样一方山水似乎出人意料，却又在情理之中。它于这平凡朴素中聚集着大自然的精华，却以滋味的醇美示人，仿佛在向世人昭示：那由寻常日用到精神升华的路径。

要说产茶的历史，这里也足够久远。相传南宋末代皇帝赵昺曾行到此地，口渴之际，侍从们便采摘一种叶尖的像鸟嘴的树叶烹制，饮之止渴生津，立奏奇效，后人遂广为栽种，采以制茶，并名之曰“宋种”。这棵老茶树已有三百多年的树龄，当地人称为“宋种之后”。仅由树干上寄生的苔藓类生物就可知道它饱经沧桑的历史，然而，它的枝干依然遒劲，新叶依然葱翠。

乌龙茶出现的历史并不久，凤凰单枞却早在十九世纪中叶便已声名远播，至今仍出口欧美及东南亚诸国。在乌龙茶中，只有凤凰单枞与众不同地被制成条形，呈黄褐色，有油润般的光泽。这种茶叶上品泡出的茶汤，澄黄清澈，且沿碗壁有金色的彩圈。其滋味则即浓郁又清爽，香气芳馥回甘有力。

虽然这里不像武夷山一样，径直把茶叫做岩茶，茶树却同样散散落落，多生于石凹、岩隙之间。用“臻山川精英秀气所钟，品具岩骨花香之胜”来形容凤凰单枞同样是合适的。当地人说，“乌岽”即黑色岩石的意思。凤凰单枞那特有的色泽、滋味、气息是否也得之于这特有的石头呢？

现在不是采茶季节，西头脚村里行人稀少，茶农们要么是外出打工了，要么在家歇息，只有一群孩子在恣意嬉戏，将他们玻璃一样清脆的声音向远处撒播着。也许是玩累了吧，他们也喝起工夫茶来。看着孩子们熟练地泡茶喝茶，便知道茶和他们的生活是多么亲密无间地融为一体。

再看一眼那群山吧，还有湖水、道路和茶树林，空气中仿佛流溢着茶的气息。

关于《茶之趣》

有一回去拜访一位老先生，正事谈完了，我们出门，他也出了门，骑上电动自行车扬长而去。同去的人说，他是找地方吃饭去了。他吃饭可不是随便找个饭馆填饱肚子就完，而是找真正好吃的东西。据说他能说出哪个胡同里的哪个饭馆的哪一道菜最好吃。我当时就想，他要是能把这些好吃的经历都写下来，一定是一本挺有意思的书。

童云的《茶之趣》就是一本这样的书，一个喜欢茶并且有自己的茶趣的人写的书。现在生活好了，喝茶的人越来越多，希望能喝出点文化，喝出点心境的人也越来越多，所以普及性的茶书也越来越多。其实这种书是并不好写的。难的不是知识性的问题，这对专家来说很好办，难的是怎么写得有意思，让人爱看。我也看过一些时尚类杂志中谈各种生活趣味的文章，总觉得像批量生产的速冻食品。问题就在于写文章的人并不真觉得他写的东西有意思，却想让别人觉得有意思。结果是写的人难受，看的人也难受。

童云的这本书，好就好在她真觉得喝茶挺有意思。说句老实话，这么多年来我一直弄不懂啥叫小资情调。看了几篇学者的文章，隐隐约约地觉得小资情调就是一种看上去挺雅其实挺俗的情调。看完了童云的书我知道小资情调是啥了，如果这就是小资情调，那也没啥不好。年轻的白领，收入稳定但工作很忙，想让自己的生活有点趣味，活得更充实更有意思一点，这不挺好的么。人家还非等着修炼成李渔、袁枚、周作人才能有情调？昨天晚上在网上看了一篇钱理群老师的文章，说他们那一代人最没有趣味。那是时代环境造成的。二十世纪八九十年代毕业的大学毕业生碰上好时候了，该有点趣味，讲点情调。

我猜童云写这本书的时候并没打算把它当一本书写，是自己喝茶喝出味道来了，喝出意思来了，就写。想到哪儿就写到哪儿。像跟她那些闺中“蜜”友或不太“蜜”的友聊天，自由自在，随随便便。好文章其实都是这么写出来的，越是端着个架子想写好越写不好。她也不觉得自己是个专家，得指导别人如何如何。顶多是个建议，跟女人之间互相推荐化妆品差不多。所以那态度是平等而亲切的。

看了《茶之趣》，我才知道白领，特别是女性白领的喝茶趣味到底是怎样的。例如在火车上喝茶，她们还要摆出专门的旅行茶具、茶船、茶碗等等，从从容容地泡起来喝。看上去这是小事，其实不然，小林一茶就说过，旅行难道就不是生活吗？我对女人们喜欢喝各种花泡的茶一直不以为然，还专门在一篇文章中讥讽了一下。看了童云介绍的几种花与茶的搭配，觉得也挺好。想一想倒是自己过于拘谨刻板了。

其实，这本书更可以看成是一个现代城市茶俗的样板，其中有细腻而精致的趣味，也有匆忙而急迫的现代生活中流露出的悠闲与从容。

茶之器

紫砂陶壶(一)

从明代开始，宜兴紫砂壶异军突起，成为茶具家族中新的分支。“水为茶之母，器为茶之父。”茶具艺术是由饮茶衍生出的实用工艺，宜兴紫砂壶出现，因适应了明代散茶冲泡法的需要而空前繁荣起来。

> 茶至明代，不复碾屑，和香药、制团饼，此已远过古人。近百年中，壶黜银锡及闽豫瓷而尚宜兴陶，又近人远过前人处也。
>
> 明·周高起《阳羡茗壶系》

紫砂壶体小壁厚，透气保温，易于瀹发和保持茶香，固然是它深受茶人欢迎的原因，但更重要的是紫砂壶天然的色泽与质朴的形态与茶的品格有更多的一致性，可以说，紫砂壶与茶有着更内在的和谐，这才是紫砂壶真正的魅力所在。

明清两代，曾出现了一批造壶大师，但他们的作品却凤毛麟角，代代相传的只是心血凝成的技艺，犹如一条隐而不绝的血脉，孕育滋养着当代的造壶艺术。

在一间简陋得令人瞠目的斗室里，居住着中国工艺美术大师，紫砂壶名家蒋蓉女士。

紫砂壶历来被人称为点土成金，

“至名手所作，一壶重不数两，价重每一、二十金。能使土与黄金争价。世日趋华，抑足盛矣。”

明·周高起《阳羡茗壶系》

七十八岁的蒋蓉老人，从艺六十七年，一生所造名壶无数，生活却如此简朴，不能不令人感悟到艺术成功的真谛所在。

老人从这些破盒子和塑料袋里造出的都是绝世的艺术精品。它们应该放置在最华美的艺术博物馆里，毫无愧色地跻身于商彝周鼎之列，然而，此时此刻，它们最恰当的位置就是老人这破旧的工作台，因为它们映照出了这位艺术大师的灵魂。

紫砂壶以朴拙为重，蒋蓉的作品却以细腻繁富见长，这把牡丹壶用花枝做成的壶把上，连牡丹特有的细刺都一丝不苟。这把荷花壶上一条条的丝纹如同有水脉流动。倘若只有细腻那也只不过是纤巧而已。蒋蓉作品的大气是其中自然流露出的喜悦，一种对生活充满欢欣的热爱。

南瓜壶的肌理莹润如玉，藤蔓枝叶生机盎然。它分明是一件艺术品，却让人想起了洒满阳光的农家小院。

蒋蓉的艺术成就，得之于家传的技巧和几十年的创作实践，更得之于她坎坷的人生经历。

蒋蓉一直没有结婚，到六十八岁时才找了一个老伴。正是青少年时代艰难的生活，与艺术长旅中的孤独和寂寞，使她把所有的欢乐都注入了这一把陶土，并以完美的形式奉献给这个世界。

紫砂陶壶(二)

紫砂壶的制作技艺和许多民间工艺一样,也是在家族中世代相传的。蒋蓉的弟弟蒋金勤就同样是一位制作紫砂壶的工艺美术大师,而且他们的女儿也都继承了家族的传统。

这种在家族内部传承的技艺,往往也会造成艺术风格的一脉相承。

所谓"光货",就是规整的几何形的壶,例如方形、圆形,而"花货"则是指模仿自然事物,形状较自由随意的。两者的区别,一如书法中的正楷与草书。

蒋金勤秉承家传,也以"花货"见长。可以看出,他的这套荷花壶与蒋蓉的作品有着艺术风格的相近之处,他的代表作之一——青蛙莲蓬壶,同样具有细腻而繁富的特点,而构思则显得更加奇特。不仅选用了紫砂壶中少见的蓝色,而且打破了传统的对称式造型,于继承中表现出更大胆的独创性。它之所以被中国工艺美术馆收藏,重要的原因之一,恐怕也在于构思的新颖。

从鉴赏的角度说,"光货"也许更加困难。在看似变化不大的造型中,却呈现出不同的风度与气象,匠心的高下巧

拙更多地潜隐在范式之中。“花货”的随意与自然，打破了范式的约束，艺术表现力更加丰富，但也给制作增加了难度。

一件真正的艺术品的诞生，不知要经历多少次的失败，像蒋金勤这样的艺术大师也不能例外。

面对着这些艺术珍品，人们也许会忽略一个绝不应该忽略的细节——陶土。宜兴紫砂壶的出现，首先要归功于这里出产的优质陶土。

宜兴的陶土，最初只是用来制作粗陋缸、瓮等陶器的。据说是一位和尚，淘洗出质地细腻的陶土，烧出第一把颜色乌紫的砂壶，从而为中国陶器创造了一个最优秀的品种。

而陶土就来自这样的矿井里。

一个优质的陶土矿井被废固然可惜，更令人感慨系之的，是矿工们生活的艰难。他们距离那些巧夺天工的紫砂壶似乎很远，但是有谁能不承认，没有他们就没有那些光彩夺目的艺术品。

正如所有的艺术都需要不断创新一样，一位年轻的陶艺家以更加开放的心态，大胆地冲破了传统。他借鉴瓷器和外国陶器的制作手段。不仅在造型上标新立异，而且在陶器上挂釉，使他的作品具有与传统紫砂陶迥然不同的艺术风格。

青箬旧封题谷雨，
紫砂新罐买宜兴。

也许每一个到宜兴来的人都应买一把紫砂壶，那里面包含着劳动与艺术，继承与创新、历史与现实、人生与审美等多重意义，哪里仅仅是为了喝茶呢。

岳州青瓷

古人说："水为茶之母，器主茶之父。"喝茶是离不开水和茶具的。正是由于喝茶在陶瓷领域里派生出茶具这一重要的分支。茶具究竟何时开始从酒具和食具中独立出来，迄无定论。可以肯定的是，唐朝已有了专门的茶具。陆羽在《茶经》中曾对当时茶具的优劣进行了评价：

> 碗，越州上，鼎州次，婺州次，岳州上，寿州，洪州次。

为什么这样说呢？因为陆羽认为：越州瓷、岳瓷皆青，青则宜茶。

前一个越州，是今浙江绍兴，后一个岳州，在今湖南岳阳。

虽然历史学家对陆羽评价的标准颇有微词，但我们却借此知道了唐代对茶具的欣赏趣味，同时知道，越州青瓷那时被认为是最好的茶具之一。

岳州窑既是唐朝六大名窑之一，又受到陆羽的高度评价，寻找岳窑遗址就显得非同寻常。湖南省文物工作者在岳阳市所辖的湘阳县先后发现了东汉至明朝各个历史时期的青瓷窑址二十余处。

1997 年,他们又在湘阳县文星镇马王堆发现了一座晋朝至隋朝时期的青瓷窑址。其中最重要的出土文物之一,是一块印压有“大官”二字的南朝圆饼底碗残片。由于“大官令”是负责掌管宫廷膳食、酿酒和茶果的官员,这块残片说明,这里是一处官窑,或者说,这里是一座真正的岳州窑遗址。

此外,遗址中还发现了龙窑、匣钵等反映当时烧制技术和水平的遗迹和器物。

在出土的几百件较为完整的瓷器中,有形体较小的盅,有的还配有托盘和盖子,很有可能就是专门的茶具。倘若真是如此,那么茶具的产生则早在唐朝之前;而且可以推断,晋朝至隋朝时期,宫廷中喝茶已经蔚然成风。这与西晋左思《娇女》诗中:

吾家有娇女,
皎皎颇白皙。
小字为纨素,
口齿自清历。
……
食华风雨中,
倏忽数百适。
心为茶荈剧,
吹嘘对鼎鬲。

等诗句反映的北方富人家经常喝茶的事实是一致的。

岳州窑遗址告诉了我们很多历史细节,但我们却永远无法还原历史。我们所能确信地只是:茶在很早之前就陪伴着我们先民的生存与劳作了。

中国瓷都

在景德镇市中心的十字街头，别致的城市雕塑上醒目地写着"中国瓷都景德镇"几个大字。中国陶瓷历史悠久，名瓷不胜枚举，景德镇能从众多瓷产地中脱颖而出，获得"中国瓷都"的美誉，是因为景德镇瓷器无可比拟的崇高地位。

随意拐进一条街道，道路两旁是一眼望不到头的瓷器摊位和店铺。在这里，各种瓷器制品应有尽有，从普通的饭碗到精致的花瓶，从传统的帽筒到青花的鱼缸，甚至瓷制的圆桌圆凳和老式的提梁壶也可以买到。

一家专营茶具的店铺里，货架上陈列着各式各样的茶壶。款式较多的是青花瓷东坡壶，即所谓提梁壶，由于壶身和提梁的各种变化，使每把壶具有不同的风格。一套组合茶具中的茶壶，壶身扁圆而提梁极高，在夸张中仍显出均衡。

这种茶具店，在景德镇不知有多少家。所出售的只是景德镇常见的产品。由此就可以见出景德镇茶具的一斑。

景德镇生产陶瓷的历史最早可以追溯到汉代。宋朝时皇帝下令在此地开办御窑，极大地推进了烧造技术的成熟。明代，景德镇瓷器达到了鼎盛时期。明永乐年间的甜白釉瓷有“薄如纸，白如玉，声如磬、明如镜”的美誉。景德镇独创的永乐红釉、胎质精细，施釉匀净，发色鲜红，又被称为“宝石红”。这些瓷制成的茶具往往价值连城，明代有“成杯一双，值十万钱”的说法。至于青花瓷更是景德镇的主流产品，直到今天仍是景德镇瓷的代表。也就是在明朝，景德镇瓷几乎占领了全国市场，从而赢得“瓷都”的赞誉。

双寿　齐白石

我们看到的被挖掘出的窑址，也是明朝的，它们对于研究明代的烧造技术有重要价值。

那些当代茶具中的精品无缘一见，其实看看市场上的寻常茶具也是一种享受。

在一个普通人家的院子里，一个年轻人正在为一只掸瓶刻花，旁边的架子上还放了不少款式相同的花瓶，质地很普通，不知这只手工刻花的掸瓶烧出来会怎么样。

在另一家瓷器作坊里，工人们正在为一只只酒瓶过称，这种酒瓶是用模子浇出来的，是批量生产的平常用具。

虽然没有见到那些精美的茶具的制作过程，但仔细想想，景德镇之所以是中国瓷都，不正是由于有很多这样普通的瓷器作坊和普通工人，才为那些能工巧匠的出现创造了条件，为那些艺术精品的诞生培育了土壤吗？景德镇是由那些能工巧匠和普通瓷器工人们共同创造的。

后记

这本书稿的校对，是在海南的一个小地方完成的。从我的窗户里望出去，就是大海和弯曲的海岸。二年前，海边还有一个小渔村，现在已经拆掉了，只剩下一片废墟。虽然这事与我无关，内心却总是有点歉然，也有一点遗憾。村庄没有了，村庄所代表的生活方式自然也就随之消失了。至少在我看来，乡下的生活自然不是田园牧歌，但总不会像城市里那样匆忙促迫。

前几年，我乘长途汽车回故乡去，路边的山坡下有一所中学，高大浓绿的白杨树，一排排整齐的平房，空旷的操场上撒满阳光，其时正是暑假，校园里空无一人。这所山谷中的寂静的中学，似乎唤起了我的某种回忆，却又想不起到底是什么，只是被它深深地感动着。也许，是因为我在城市生活得太久，在现实中已经很久没有见过这样的自然而宁寂的美了。它与自然融为一体，却又在朴素中显露着温雅。它所拥有的气质，是任何风景名胜所不可比拟的。它就是生活，同时也是美。

我一次次地逃离我所居住的城市，却又一次次地失望而归。我找不到一片温馨莹润的风景，让自己的心灵感到安稳。

也许佛家所说的境由心生是对的。哲学史家冯友兰，“文革”中常常站在凳子上接受一群中学生的批斗。事后有人问起他当时的心境，他答曰：默念“菩提本无树，明镜亦非台。本来无一物，何处惹尘埃。”禅宗六祖这段著名的偈子我是知道的，却从不相信有如此静定的力量。这大概只有哲学家或僧侣才做得到吧。

我没有此等人生境界，只是很庆幸地找到了茶，书中各文虽然绝少提及我的人生经历和内心体验，却又无一不与此息息相关。另一方面，我也相信，茶对于人生的困境而言，作用是有限的。它终究没有宗教、哲学那般深邃广大，并不足以成为安身立命之所。或许对于我们凡庸的人生来说，它可以说是一个提醒。

我至今不会用电脑写作，这不是故作姿态，实在只是习惯而已。

本书的大部分原稿，都是由责任编辑张玉输入电脑，并建议我出版的。因为对文章的质量缺乏自信，此事拖延了几年。如果没有她的催促，我很可能不会同意出版此书。

老朋友张苏明对本书中的个别篇章提出了中肯的修改意见，没有她直言不讳的批评，这本书可能会更加的粗陋。

本书写作过程中还得到了我的学生张早早，以及无法一一提及的诸多友人和学生的帮助。一并于此谢之。

2016 年 3 月 25 日于北京